# 一九三〇年代モダニズム詩集

矢向季子
隼橋登美子
冬澤弦

季村敏夫編

みずのわ出版

# はじめに

かつてあったことは、後に繰り返される。殺戮、破壊、錯誤、懺悔、その重なりのなかで、身体の刻む詩的行為の火、花、火力は現在である。

上梓のきっかけは、一冊の同人誌と映画との出会いだった。小林武雄編集の『亜神《がくしん》』創刊号で矢向季子を知った。身震いした。映画は、日本統治下の台南の詩人を描く『日曜日の散歩者』(黄亞歴監督)。台湾を襲った地震の映像のあと、同人誌『神戸詩人』(一九号)が迫ってきた。西脇順三郎らの『馥郁タル火夫ヨ』から引用があり、明るさの戻った部屋で茫然としていた。「現実の世界は脳髄にすぎない」「詩は脳髄を燃焼せしむるものである。こゝに火花として又は火力としての詩がある」、わたしはあらためて、戦時下の詩をたどりはじめていた。

同人誌と映画との遭遇が、次から次へと出会いを導いてくれた。平坦ではなかったが、みえない数珠のつながる道のり、促されるまま従った。

かつてあったことは、後に繰り返される。一九三〇年代後半、シュルレアリスムに関わった青年は治安維持法違反容疑で次々と獄舎に送られた。神戸詩人事件はそのひとつだが、現在である。今回編集した矢向季子、隼橋登美子、冬澤弦、初めて知る詩人だが、このラインにも、シュルレアリスムへの目覚め、総力戦、同人誌活動の終焉、モダニストの戦争詩という歴史がある。しかも三人は番外の詩人、一冊の詩集もないまま消えた。

あるとき、ある場所で、確かに生きていたひと。詩は、息のひびき。声を出して読めば、ひとはよみがえる。生きていた場所、場所の記憶、青空に染まる歓声まで戻ってくる。

消えてしまった、たましいをよびよせる、この集を編みながら念じていた。

# 一九三〇年代モダニズム詩集――矢向季子・隼橋登美子・冬澤弦◉目次

凡例

・年号については基本的に西暦と元号を併記したが、文献等の発行年については奥付の表記に従ったため不統一が生じている。

・三人の詩篇は発表誌の奥付に基づき発表順に収録した。詩篇及びエセイの旧漢字は原則として新漢字に改めたが、かなづかいは原文のままとした。

・詩の行為的現在を伝えるため誤植誤字の訂正をせず、発表誌の通りとした。ただし、矢向季子の引用する藤田文江詩集『夜の聲』のみ原本（昭和八年三月一五日発行、鹿児島詩話会）と照合、原本通りに改めた。

・一部に今日の人権意識の観点から不適切とおもわれる箇所があるが、原文通りに収録した。

*

# 矢向季子詩集抄

# 月

青絹かけた水晶の殿堂が
青寂びの夜の空に聖なる泉を無限の上に造作する
蒼き月影《かげ》の底にある墓の如き大地に
おぼろなるほの暗き光が照らしてゐる

夜のみにあゝ漂つてくる此の厳粛なる流動におのれを沈め
紅薔薇の花の如き燈火《ともしび》を連らねて
霊々《みづく》しい奇蹟の瞳に拡がれる泉よ
夜の胸に何をか祈願《いの》る

月夜――荒野にしろがねのわだちか
大地に通ふ水銀の脈搏が淋しい私の情《こころ》に匂ふてくる。

# 地下鉄の印象

真つ黒な吸取紙を地面に長々と拡げてゐる坑道——
荒涼《すさま》じい響の中を疾走する高速度電車よ
おまへは文化の巣を駈廻る怪物である
魂を噛み切る様なその響きの中に
悪魔の羽音が闇の奥底にするどい神経となる

あらゆる感情を破るが如き鉄路と車輪の烈しい争闘の音に
裸体となつた私の魂は冷たい鉛色の重量にあへぐ

歪んだ窓硝子にいびつな私の顔をかすめて
暗黒の瞳にとぎすました剣のひらめきが
灰色の蹄鉄を後にごうごうと驀進してゆく

# 月夜

二つの魂はほろ甘い潮音にひたひたと
心地よい鼓動の音をこんなにもゆたかに
はつきりと感ずることを悦んでゐる

渺茫たる海原に神秘が造作する
宝石《さふあいや》の花園から真珠の花粉が無限に拡がる

砂浜に寝転んで土佐《ふるさと》のこと共を語らふ彼
長髪のからんだ額にほの蒼き月影が流れて

透明な黒水晶の感触をもつ彫刻の如く私の瞳に泌み入る
しとやかにあゝ迫りくるもの
月の夜に流動する美的感覚よ

私は砂を摑んで又砂に返す
高き潮の香気に浸り
彼のとぎれとぎれのさゝやきにひかれて
私の心はさら〱とうれしく
たほ〱としなだれかゝらうとする

月の光のほそい糸につながれて
静かに純情の世界へ私の魂はしようてんする。

# 黒の光

夜の肉体にほと〱と吐息する
聖者の群集《つどひ》よ

私はそこに壮美なる黒ダイヤの如く光る
世にも神々しい微笑の素晴しく
豊饒な領域に光るものを視る

ろん〱と燃える心霊と心霊の溢れが
美しいギターの音律となつて

＊再録『新鋭詩集一九三五』アキラ書房

『新鋭詩集一九三五』では、あたしはそこに壮美なる黒ダイヤのやうに光る

私の魂に泌みてくる
私はただ思ひのまゝ恍惚を貪つた

またゝく眼瞼も
呼吸も　動作も
すべてが焦燥そのものである
むずがゆい焦思と昂奮が
私の脈管をぐんぐんもりたて
ぢり〱前へ前へ進まんとする
激情の焔よ！
危く防波堤の粉砕が
そのうしろの面を　現実を
黒の光のなかに羽搔じめされて
しつとりと露を浴びてゐる

同、あたしの魂に
同、あたしはたゞ思ひのまゝ恍惚を貪つた。
同、改行せず、またゝく眼瞼も　呼吸も　動作も
同、むずかゆい焦思と昂奮が
同、あたしの脈管をぐん〱もりたて
同、ぢり〱前へ前へと進まんとする
同、激情の焔よ
同、そのうしろの面を現実を

愛《いと》しい花弁のためらひ
悠やかに水盤の氾濫《みだれ》よ。

同、句点削除

# 祈禱

部屋には一匹の傷ついた黒鳥がゐる

ベットに凍りつくやうに嗄れたあなたの呼吸は私の魂をかきむしつてゆく
冷酷な生活の暴風の底に限りなく恩愛の焔に光る私の心に唯一の安息所であつた
あなたを子はむなしい願ひのもとで、げつそりと老ひしなびたあなたのすべてだつた

空の蒼さに、青白くほのめく月光のもとに明朗な、あなたの心のゆり籠に抱かれ
私はこんなに大きく、そして豊かに成長した
だのにあなたのうえに咲かせた花は

ひとゝきの微笑すら与へやうとはしなかつた

しかし、今はひた〱とあなたの枕辺には
月が白銀の泉をたゝえてゐる
私の唇からは健康そのものゝ真赤な花びらをその一面に飾つてゐる
青い空を健康な親鳥の羽搏いてゐる胸をしつかりと
つかまつて南国へ飛べる日を子はいじらしく祈つてゐる

# 帰路

月の暈《かさ》　蒼くほのめく夜道
河鹿鳴く声のすゞしき　帰路《かへりみち》

ためらひを捨てゝ突き進む愛情の焔!!
私の耳に愛のほのめきがある
不意に――言葉なく羽搔じめにされた
ひとつの花弁のあらゆる脈管が、蜜ばちのすべてに滑り落ちる
私はこの乳房《ちぶさ》に羞恥を感じてゐる

ろん〱と燃えあがる　狂暴な情火よ
そこに、ひどく眩惑の光に鞭うたれながら
わたしは、いま、この腕のなかにたくましい男の体温を
いだきしめ、いだきしめられてゐる

いとも豊なる闇の香を呼吸しながらも
ひろげられた　掌と掌の　握力のせつなさ
恍惚のなかに、私はかたく　めしひ、啞者となる
いまは、たゞ　ひしめきくるめきあふ人間の律動を
このあらゆる脈管に、びるゝ、びるゝと聴くばかりだ

踊り狂ふ魂の氾濫するなかに身をうづめ
乱酔の四肢にうちよせる迫力のまへに
すなほなる歓喜を、よゝとよろこぶばかりだ

瞬間——私の胸に入墨の如く残されたものは
最大の生命《いのち》の呼び声となつて空に散る

# 玲瓏——故瀧川富士夫兄に捧ぐ——

原始的な楽園に黒く光る禁断の宝石を盗み
頬をかすめて冷氷の剣を感じた

千尺の断崖の上にをどつて
真一文字のおのれの肉体を投げてゐる

裏切の爆弾の上にすわつてゐる
澱んだ私の魂になほも鞭うつてゐる

轟け!!　ごうぐゝとその呼吸、肉迫する恩情の鐘よ
下界はあくまでもあなたの天上であらう

踏み躙《にじ》られた善を砕き
唾《つばき》せられた真実を裂く

かくて私は白銀の翼となつて羽搏き
ひとすぢにその空の涯の虚無を探した

あなたは陽炎《かげろう》のやうな飛沫《しぶき》となつて
愛《いと》し子の七色の虹《みち》を無限の上に造作する

# 月

青いヴェールをかけた水晶の泉
あたしはそのなかに裸体の天使たちの
白い蝶々のものがたりを聴く

あたしは紅薔薇の花のやうな燈火《ともしび》を連《つら》ねて
靈々《みづく》しいとんぼの瞳のやうに光る
泉の胸に何をか祈る。

月夜——荒野にしろがねのわだちか

大地にかよふ水銀の脈搏が
白くもくれんの花のやに
あたしの情《こころ》に匂ふてゐる

# 官能の叙曲

私を包む昼間の仮面と埃り臭い衣服は
夜の肉体《からだ》と一緒にすべり落ちる

緑色のいとも豊なる闇の香よ
そのなかに赤裸となれるおのれを沈め
つぶらなもゝの花の弾力をもつてゐる
なげいだした豊な四肢に通ふ
血脈の鼓動のさゝやきにひたる

あたしは　いま
この胸のなかに
駄々つ子のやうなあなたの声を感じてゐる
ひろげられたあたしの掌に
暖かに燃えおど〳〵と心を顫はせる
この乳房に
甘酸つぱい感触をもつてゐる
房々とした長髪が闇の底から静かに感じて
私《あたし》の胸におほひかぶさるせつなさ

息ずまるやうなみかんの花の匂ふ
あなたの体臭と律動を
このかひなに　ふとも丶に
びる丶と聴く

あたしの生命《いのち》のあらゆる脈管から
真実《まこと》をもとめる願望に魅力と愛がひらめく

夜の肉体《からだ》にうちせまる迫力のまへに
泣かんばかりにおのれの声をのみつゝ
あまりにも微妙なる官能の苦行を
この胸に入墨のやうに鏤めてゐる

ほとほとと迫りくる睡眠よ
原始的な匂ひのする情熱は
この霊地に静かに滴りをちる

# 禁断の果実

花模様の窓掛は重く垂れてゐた
ガスストーブに相向へる手と手
赫《あか》あかと燃えあがる情火よ

仄白くたちこめる乱れた思念《パンセ》の襞を
瞼と瞼の内側で小気味よくぢりぢりと前へをしやる
あゝ罪と罰　何するものぞ！

瞬間　見事にこの部屋の悒鬱をはね飛ばし

ふくよかな果実に熱い唇が初めて合つた時
あのひとのはづんだ息づかひが
あたしの乳房のなかに切なく抱かれてゐた

あのひとは有頂天に嘆美した
たゞ思ひのままの恍惚を貪り
歓喜にうちをののいてゐた
そして徐ろに人生第一義の真理を肯定し
更に声を呑んで歎賞した

# 青い貝殻

私はあたしから離れよう
ピアノをぬけだすミュウズのやうに
時刻といつしよに地球の外へ滑り落ちる
そして燦めく青い絨氈のなかにゐる
あたしの下髪は
蠟のやうに消えるであらうに
白汀《なぎさ》に　私の影らしいあたしが倒れてゐる
睫毛に　何らの悔もなく

林檎の影を匂はせてゐた
全身露のやうに光りながら
唇は鹽つぱい更《あらた》な生みを始める
青い貝殻を真似て
それが　幸であらうと　不幸であらうと

# 春日

青い竹垣をめぐらせた芝生に腰を下してゐると
春陽が頬をほてらせる

向うの家の古風なォルガンの曲に合せて
考へてゐると音楽が止んだ

部屋に急ぎ帰って　楽器を手にすると
あたしは雀躍した

トレモロの余韻が小鳥達の胸にいつぱい刺繍されてゐる
それを見つけて縁側を降りてゆく
あたしの足音が樹の幹にとゞかないうちに飛び去つて仕舞ふ
空間で崩れるパイプの煙環《わ》のやうに
——あまり午前《ひるまへ》の空気が静かなので

# 正午

編んだやうな樹の枝のあちこちに
明るい空気が揺曳してゐる

正午がまるい影をつくる

お婆あさまが動かなくなつてしまふ
一歩地球を離れたすがたをして
影は静かに横にたちのく
眼をさまさせまい用心をして

＊再録『高架詩篇』第二号、昭和一〇年五月
『高架詩篇』第二号では、句点追加
同、ここで改行、一行アケ
同、眼をさまさせない

# 破廉恥祭——謹んで竹中郁氏に捧ぐ——

象牙の詩集の肉に食ひ入り、
薄い小麦色の髪に漣の接吻を味った。
たまたま禁断の実を盗み、
頭上をかすめて強烈な稲妻を感じた。
鳴門海峡を渡る船の上層にのぼり、
うずまく海鳥の落日を飽かずに眺めた。

攻撃の火花ですばやく煙草の火をつけた。
束縛されない囚人！

私の脳髄にこっぱみじんに打砕く鉄棒の如き、
巨人を探して疾駆する、縞馬の鬣《たてがみ》。

白い衣服に滲んだ青い血痕はをのれの味で苦い、
限られた広さを悶える金魚、抹殺された信号旗。

みんな、みんな、私の面を張り飛ばすのだ、
私のこの肉体にどす黒い鞭の轍をのこしてくれ、

おお、破廉恥祭の交響楽……
哄笑は、新世界に爆発する素晴しい弾丸！

# 魚真学

紫で　青空と空気とを切つた鮮かな楽園
白で　青空と空気とを切つたあなたの剣
この天地の中潜んだ若さの剣に
青空《そら》が光りながらおりる　葩がかゝつてゐる
そこで私はあなたにナンバーをつける
私は濡れた帆をおろして
あなたの中に這入つてゆく　私のなかの楽しい鷗
群なして飛ぶ白い羽音は

あなたの中に鷗の舞踊会を開始する
私はあなたの若き剣に麻痺し
燦めく朝露に光る葡萄の房のやうに重い
あなたの液汁に　私のかよはい蔓が
体温にかける虚しい言葉になる
たよるやうな祈りに似た言葉に私の珥《みゝかざり》がゆらぐ

# 隼橋登美子詩集抄

# 母性の祭

夜毎の夢の胸内に祝祭の星よ降れ
翼も濡れてあたしの心だけは紅い

神々の嘘にあたしは疲れたが
あたしは剣《つるぎ》を恐れはしない

けれど　肉体の枝々のふとも醒め
深い眸に細く呼び戻される時

あたしのトルソに理性の祭りの星よ来て
あれは　あたしの母の里だと告げよ。

## ゆめ青き憧憬《あこがれ》

あたしはお前の傍まで寄り添ふて、
霧の中の白い芙蓉の蔭に。
青き憧憬《あこがれ》　母の面輪《おもわ》もあらばと、
濡れし哀愁の秘密を弾ませて。
あたしの瞳に揺れるは心の気配、
仄かな花の夢にもまし淡い微燻。

——、ああ只に若き蔭にも、
霧の中の情景は白き芙蓉花のみ。

# 手紙

すさまじい言葉は
尺牘から剝いで
智恵は緩め
精神へ
古澤を埋め
水深《しん》の巾《はゞ》を聴く
それは告白の褥
遁れた懸崖の
荒々しい感情を

氷花の咲痴れた
百億年の思想をさへぎる。
だが偽はらぬ門前に問責され
すさまじいものが
自分の本心であつたと
血の色に疲れ
処女の花洋燈《ランプ》を
危ふく灯して
愛情の径を後戻る
自信《こゝろもと》ない呂律。
さて損徳の霧も暫し薄れ
妾はまた処女の瞳で
判つきり尺牘の位置をみつけた。

# ことわりの克服

穹の一端に
戦はあつた。
美はしい後のものが拡まりて
家といへる家の
傾いた窓を開き
ひとときの祈りのやうに
神々は掌をあはし
昏々と綴つては
糸のやうなもので天へ吹く

きまりきつた言葉
さめきつた天の邪鬼
目覚めるばかりの
人間のあこがれるもの
燃すものみな
忘れ去り
己れの血も覚えない
その生命の潮騒がなんであらうと
たつたいまの穹へ
昔の記憶を帰さねばならぬ理由とてあらうか
仄かな
あるは猛き
おお苦り切つたすべなさ故に
所詮流るるまゝに愛情を受け入れようとはせぬ

地の民の白々しい伝統
卑俗なことわりとも呼ぶしきたりの
過去とはなほざりにした悪い女の告白
誰もがほのぼの架る虹を仰ぐのだ
だがどんなにしてもたつものはたつて終ふ
私はきつと別の灰を巡礼に出るだらうか
そこでも戦はある
画布《カンヴァス》の上へ矢鱈に悲しいとか寂しいとか惜しみなく奪ふもの丶愚痴が
さめざめと天へ濡れる蒼い瞳が
霧のやうな愛情をたえられぬほどに塗潰そうと群がつてくるのだ。

## 審判

天の行きずり
あのけはしい斧の審判者を貴方は見失つてしまわれた。
深い手負ひのしくじりを遙々おどけにアテネへ駛る死者はあつても
かりそめの幸福のために
自分ひとり身動き出来る天地をもとめては
雪崩れるやうに光りの空へ犇めく真実を
誰あつて羅馬へ訴人しようとはしない。
鋼鉄《はがね》のやうな現実の岩《いはほ》に身を据えるには自分自身の肉体を創り剝《ど》るより余地のない
その惨虐な懸崖の恐怖へ刀向つて群がりよる傷だらけの食ひしばりにまで

オリオンや
シリウスの空を眺める歌謡的な詠嘆をしか洩さぬ
そんなに真珠の麗々しいお筆先が重宝なのであらうか
妾達は王冠を欲したのではない
ギリシャの希望
地中海の財宝
否《けつ》して豪華な空の下で彼等を奪ほうとは望みはせぬ
たゞ只管に生命のかたまりとなり
精神と肉体のひとつのつながりの火となり
水となり
たましひの平穏ひとつあたへよ、と祈る最後の砦に立つて、愛情の火桶を差き叫ぶ
ぢごくだよう　いきぢごくだよう　天の飢饉だようと、生きとしいけるものの絶歌に
蒼冷めた耳を傾け
乾いた唇を裂かうとはせぬ

ああ　そうではないか。
あの山　この河のほとりに老いたる樹木は倒されて行つたが
ロマンチストの青い日記へ感傷的なレエスが仄かに懸けられる外に　いのちの限り父や母の飛べなくなつた思想の彼岸へ、固い扉を打破つて豊かなる光りを平等に頒たうと　誰が勇ましく闘ひつゞけてきたであらう。
とゞろきわたる現実の業へ　病葉《わくらば》のやうな素裸をキリキリとまつはらして
妾はあのけはしく正しい審判者が
妾や貴方の何処で血塗れの審判を下して来たかお告げしたい。

# 氓《ねむ》れる言葉氓れるまゝに

ことばもくらへぬ胃袋のひもじさは
みずくあほい糧の拶々しいみのりや
むかしがたりの政治など
匂ふ言葉のしあはせを
身を傾けていつくしませて行つた
そのやうななぐさめもなくなり
ちゞれたむほんのこゝろぐみを
いつぱいに
豊かないとなみにめぐまれたまわりを去つて

むごたらしい午後にゐる
町のいしだゝみ
野のかなしみを
ひさしくつかひ古《ふる》したきばにかみしめ
ふりわけ
パンの穂の味覚も忘れすごした
うちつゞく飢饉のゆふべ
しんぼるの森林のこのまに隠れて
蒼氓のひくいこほらすをあほぎみる目がしだいに多くなつたが
それは匂ふやうな消えるやうな
とあるはかないりずむのおばけ
おばけのしんぼるは
歌へば歌ふにいやまし
かなしみの音たてゝおのれの頬へ

仇し火矢となり還つてくる
それなのに、草深い木立の蔭や
濃いみどりの水際にたちのぼる
芥や影のやうなうたびとのうたはつゞき
にんげんのみんぞくのあふりをつるのぞみは
たちがたいしゆふねんともなつて
指呼の間からかきけされようとも
空しい風韻にすぎなからうと
観念的な言葉も食へぬ胃袋のひもじさは
ぷろめてよ。
きはまる命のきはまるまゝに
あたゝかいにんげんの信仰をさへ覆して行く
覆されるそれのやうに
みのる季節は妾やお前の何処へ遁れ去つたらう。

《未完》

# 隷属するあなた

あなたを火の蕾と呼んで
あなたの瞳の中へ
さゝれた肉体《からだ》ごとどろどろに
ふっとうする瞬間が
あたしには一番幸福なのだ
羅漢の掟をぶちのめし
あなたを包囲する
号々と鳴る情熱に
自ら慰み勇気づけられ

海峡のあけくれ
山岳の春秋
あなたを信じた眼に万物の意志を識り
芥を温め
石を慈み
ものいふ声を聞こうとこひ願ふた
百馬力のもうたあを身体の中にそなへつけ
鉄砲に趁はれる
野獣にならうと
あなたに忘れられる身を恐れた
春の賞金より
正しい知識の花に埋もれた
あなたに抱擁されることを祈つた
あなたをやどすことは

あたしには豊富になることであり
次の世代のために
子供の名を何と呼ぶべきかと生甲斐を覚える
あなたは大星座の下に
翼をひろげる地も与へられない
あなたに隷属すべき流れも
あなたを害めるためにのみ
たうたうと宇宙がある
だがあたしには胎盤を蹴りあげる
大きないきものがわかる
偉大な世代に耳をすまし
茫漠とした愛をちゞめて
あの戦車の響きや
新世界のときめきを孕んでゐる

母の神秘に酔ふことができる。

# ひかり間遠き石影のへに

ひかり間遠き石影の上に
ひそけさに陥つてゐる思想《パンセ》の午後
あなたは
いつぽんの鞭にぶたれ、　麵麭の匂ひに反応した生理を
みたろうか
あれらは
ゆめざめし雲海の中にかさなりあふては
飢えた胃袋の膨張する喜びに
おのれらの歴史の何を打建てるやも知らないで

営みの蔭に日毎に花咲き
散つて行つた
そんな黄昏のある時
遠茜の空にふぶく道徳《モラル》の落寞とした流れが
しめやかな額《ひたひ》にすだれた哲理をいただいて
火の歌をあげつつ横切るのをみる
黒い翼は野菊を暗く蔽ふて
汚さるために肉体はごうごうと浄められ俟つてゐる
ナポリの空は澄んでゐようと
虚しさのためわが魂のありかを偽はるまい
きはまる精神に頒つ遺産の何が残されてあらう
可憐《いとほし》しきもの達
黄昏の悠久を見るがよい
苔のやうに荘重な

自由のにぶい悲しみ
あなたは
自からの峻しさを追放するために
隷属を希ふだらうか
世代の変遷は
神々の懐疑をのどかな彼方に押しやつてゐる
人民を識り
政治を惟ふて
風雅はとどめられるべきだ
こうしてわたし達はあした牡蠣のやうな進発をする
建設へ
よりたかきものへ
みえない旧知や愉しみを索めて
眠るやうに祈るやうに

ふかぶかとした唇々に
交々《かわる》に。

〈改作〉

# 冬澤弦詩集抄

# 習作

☆

夜　ホテルノポーチニ
鬼百合ノ花　ガ投ゲ込マレタ
舞踏会

ホールデハ
華ヤカニ
羽根扇ガ　無数ニ

炸裂！　スル
点滅スル桜ン坊
ノヤウデアッタ
アンチコミンテルン舞踏会へ！
アンチコミンテルン舞踏会へ！
策戦
ガニット笑ッタ
裳裾ノ下ニハ
摩滅シタ海港
ガ弁膜症ヲ露出シタ
倉庫
ガネムッタ
ネムラサレタ
ヤサシイ子守唄？

ヲキヽナガラ

翌日
子守唄ハ
機械的ニ反芻シ
華麗ナ花　ヲブリキ
ノ上ニ吐キ出ス
太陽ノアル街

☆

スミレ色ノ夜明ケガ
スミレ色ノプロペラノ生エタ天使
ヲ彩ツタ
大キナ風車ガ夜ノ逆流ヲ防ギナガラ

静カニ廻ツテヰル
窓ヲ開ケルト
天使ノ足跡ニハ
一ツノ鍵ガ落チテヰル

雲

雲ハ天使ノワスレモノダ
エニシダノ木陰デ睡ルト
テントウムシガ逃ゲ出ス
ノデ野原ヲスッカリ洗フ
夢ヲスッカリ見テシマフ
マデ目ヲツブッテヰル

# 喝采スル打鋲機

接近シテユク二ツノ顔ハソレラノ戦線ヲ実験シタ
ソレラノ戦線ハ実験サレタ顔ノヤウニ痙攣シタ
ソシテソノ上ニ
繁殖シタ実験室ガ次ギ次ギニ完成ノ旗ヲヒルガヘシタ
実験室ハソレノ快感ニ適当デアルトコロノ生理ヲ極メテ
偽装スル実験室ハボクノ快感ニ適当デナイトコロノソレ
ヲ極メテ必要トスル

枯レタポプラガ町ヲ指示シテキタ

アル日　簡単ナ停車場ガ脱皮シハジメタ
代表者タチガ**バスケツト**ニクルマツテ故郷ノ距離
ニ**オペラハツト**ヲ被ツタ汽車ガ口笛ヲ洩ラシタ
《妾達ハ板**チヨコレイト**ノヤウナ塀ノ中ニ
素敵ナ工場ヲ建設シマシヨオ》ト
煙突カラ**シヤボン**ノ泡ガ**プロパガンダ**シタ
――ソレハ不潔ナ風景デアツタ

★

新鮮ナ
料理ノ臭ガ法廷カラハミ出シタ
裁判所ニブラ下ツタ一枚ノ**メニユー**
ハ野蛮ナ食欲ヲ刺戟スル――
街路ハ

群集ニヨッテ
充分ニ
刺戟サレタ
占領サレタ広場ニ向ッテ
破局ガ揺レタ――怒号ニ漂フ馬車
広場ハソレノ到着ヲ待ッタ
打鋲機ノアル**バリケエド**ハ装飾サレ
饒舌デアッタ

# 愉快ナ午後

ドライヴウエイ
曲リクネツタ弾道ヲルヰノ家族ハ疾走シタ。オークル色
ノ皮手袋ノヤウニ。

湖ガ口ヲ開キ呼吸シテキタ。
前方ニハルヰノ山脈ト爆破サレタ雲ガアツタ。
曲リクネツタ弾道ヲルヰノ家族ハ疾走シタ。
依然！
　小サナ砂埃ヲヒキズリナガラ。

小サナ砂埃ヲヒキズリナガラ。


原始林ノヤウナ都市。

港ハ貿易風ニヨッテ掻払ハレッヽアッタ。

〈愉快ナ午後デアル〉！

ソレハ見タ。気象台トシガレット工場トボロ切レノヤウナモノヲ運ビ去ル一群ノ貨車ヲ。

〈諸君……
〈**ブラインド**ニタユタフ……
〈**ピンク**色ノ情熱ヲ……
〈諸君ハ……事務的ナ病気ヲ……
〈**ピンク**色ノ情熱ヲ……

窓。
諸君ノ耳ハ
悉ク
侮蔑サレタアルモノ。
ヲ！
見タマへ。

# 風景

鋼鉄ノ
モノクルノ
解剖学擔任プロフエッサーガ
植民地ノ
コースノ上ヲ
ランニングシタ。
雷管ノアルタイムウオッチ
ヲブラ下ゲ
プラットフオームガ風邪ヲ引イタ。

**ガアゼ**
ノヤウナ**ネット**
ヲ被ッテ
昼モ眠ッタ。
花束ハ
**ガアゼ**ニ滲ンダ汚点《シミ》デアッタ。
**ロオルスロイス**ガ花ト交換ニ
若干ノ人々ヲ乗セテ去ッタ。

# 風景

旗ノ色彩ハ鮮明デアッタ。
風ハ快適ナ速力デ流レタ。
鉄路ハ単線デアッタ。
機関車ハ黒色デアッタ。
赭土色ノ平原ニハ
土民ノ家屋ガ置キ忘レラレテアッタ。
雑草ノヤウニ。

旗ノ色彩ハ鮮明デアッタ。

機関車ハ旗ヲナビカセテ進ンダ。
街ヘ。
快適ナ驀進。
街ニハ
破壊サレタ城壁ガ
鋸歯状ノ歯ヲ見セテ笑ッタ。

城壁ノ内部ニハ　シカシ
三鞭酒ノヤウニ孔ノ開イタ屋根ノ下ニ
街ノ**スケヂユール**ガ斬新デアル。
——新タニ発生シタトコロノ　貧民
　小市民　職工　資本家　ヲ——

旗ハ
強力ナ結合ヲ意味スルガ故ニ。

旗ハ膨大ナ集積ヲ
意味スルガ故ニ。

# 黄色い商品

船腹　五彩ノテープ
ニ飾ラレタ貨物船ノ外貌
甲板ノ私生児タチ

カレラハ既ニ若干成長シテキル
既ニオトナシイ
既ニ包装サレタ商品デアル！

ボクハ突堤カラ旗ヲ振ツタ

航海ヲ航海ノタメニ暗示シタ
銅鑼　日焦ケシタ声　咳

★

前衛ニハペンキ塗リノ奇妙ナ旗
後衛ニハ負傷シタ軍用自動車
コノ一隊ハ進軍スル
奥地へ！

軍バッガ
小銃弾（又ハ或ル種ノ鋳貨ソレハ快速ニ流通スル）
ノ数ホド
生産サレ
消費サレル
コノ取引ハ有利デアル

（筈デアッタ）

新鋭兵器ヲ満載シタ外国船ニ
港ガ襲撃サレルト
自国砲艦ガ
常ニ　煙ヲ
打揚ゲル
コノ慣習ハシカシ容易ニ癒ラナイ！

# 貸借対照表

バランス・シート
資本ハ一群ノ泡デアル
不鮮明な胸部レントゲン写真

胸部デハ
片方ノ肺ガ呼吸シ（生産行程）
片方ノ肺ガ唄フ（流通行程）

肋骨ノ上ヲ

貨物列車ガ驀走シタ
資本ヲ積載シタ儘デアッタ
曾テノ犯罪者ガソレヲ牽引シテキタ

〈唄〉
〈機関車ノ下手糞ナ唄〉
〈唄ヲ唄フ奴ハ誰ダア〉

*

窓越シニボクノ直立シタ**シガレット**ヲ認メタ
ソレハ港湾ノ保税工場デアッタ
窓際ニ白イ**ヨット**ノフクランダ帆ヲ認メタ
ソレハ港湾ノ所有者《モチヌシ》デアッタ
ソレハ港湾ノ所有者デアッタ

# 断片

大キナ傘ノ下ノ黴ノ生エタドーナツ
——メリー・ゴオ・ラウンド

★

夕焼ワ街ォ黒焼ニシタ
鈴蘭ガ点灯サレタ
葉ガ月オカクシテイル
風ガ葉オ揺スルト
星ガ街オ攻撃シタ

軍隊ノ去ッタ街オ

灰色ノ太陽ガ雨オ降ラシタ
アバタ面ノ海洋ガ急速ニ
美貌オ微笑マセル
柱ノ手――貨物船ノ捲揚機
ガペンキノ色彩オ新鮮ニシタ
船荷證券――ボクノ
心臓ワ再ビ生産サレル筈デアル

＊

女ノ着物ニワ
カブ札ガ散乱シテイル
大型ニ　優美ニ

手垢ニ汚レタカブ札ワ
**ブルヂヨアジイ**デアァル

★

**ヴアイオリン**ノ絃ノ上デ
馬ノ尻尾ガ逆立チスル
馬ノ尻尾ノソノ下ニ
尻尾ノ切レタ猿ガイタ
猿ノ着物ハ**フロック・コート**
**フロック・コート**オヌギマシテ
オ手手ツナイデオドリダス
オ手手ツナイデオドリダス

赤イ帽子ノ兵隊ガ
アメリカ・フランス・イギリス
世界漫遊　大進軍
〈オンドレジッットシテオレイ〉ト
イウ人ノ夢ノヤウナオ話デス

★

イモ虫ノヤウナ月
蛹ラ――提灯行列
蝶形ネクタイデ
大統領ォ気取ル
街ノ顔役ラ

★

出来合イノ雲
ソレワ実ニ　煙デアル

発電所
ノ背後カラ蒸発スル
青イアルコオル
ソレワ実ニ　高圧線オ
赤面サセル

オレンヂ色ノ指示器
ソレワ実ニ　石油桶ノ
ナンバア・プレートデアル。

平原オ走ル鉄路

ソレワ実ニ　黒色ノ
平原ォ走ル

二匹ノ馬　異種族ノ馬
ソレワ実ニ
彼ラノ性欲ォ豊満ニスル

*

# 「夜の聲」読後感

矢向季子

今更らしく読後感でもあるまいに、と彼女文江藤田氏を既に御存知の方は否御存知でないのは私のみかも知れぬので、そう呟やかれる事だと思ふ、けれど私は文江氏の存在を認識してゐなかったのではない、この素晴しい氏の詩魂を盛った詩集「夜の聲」に接する事が今日まで与えられなかったのだ、大変残念に思ふと、同時にお恵み下さった岬絃三*氏に唯々深謝の他ない。

私が文江氏の作品に初めて接した折は、一九三〇年九月に「若草*」で知った土佐の今井かづみ*氏から彼発行の「聖草」と云ふプリント版の同人雑誌を戴いて、その中に文江氏の〔癡人のノート」の作品に接した、以後〔群雀」と云ふ作品をやはり「聖草」で拝見した、それ以来約四年間文江氏の作品に少しもふれてゐない、これは私には詩友が少なかった故も又、私が詩作を初めて、間がないとも云へやう。

今私は文江氏の詩壇にのこして来た足跡に対する、深い敬意と、早逝した氏の惜しむべき芸術的才分について、世間がどの程度に買ってゐるのか、私にはよくわからぬ、そして力量相当に評価が行はれてゐた時代も知らない。で若し読みながら気にさわられる処があれば、それは他に何の意味もないこととして是非赦して戴きたい。

そして文江氏自身が蔵してゐたところの才分には、詩を遠く突き放し、冷い光りの中に、縦横無尽に、思ひ存分の官能のうめきを聞き、又その奥へ一歩一歩さぐり込まねばをさまらぬ気焔が、苦しみの中で楽園に舞ふ小鳥達の如くぴちぴちしてゐるそしてこの小鳥達の助骨の中で電流のやうな早さで駆けめぐってゐる血脈の音を静かに聞いてゐるではないか、又通俗的な女性の感覚から絶えず離れやう離れやうと努力してゐる、これは文江氏に対する言葉でなく、私に言ってゐる言葉かも知れぬ、兎に角文江氏の作品には別な女性の存在として、太い線の印象を読者に与えた処は、成功を修めてゐると言っても決して過言ではない事を私は信じてゐる。

此のあたりで文江氏の作品を朗読にかえ記す事をゆるしてゐたゞきたい。〔若葉の頃〕

朝

何処かで激しい戦があつた。
その沙漠の熱風《シムーン》の様な息苦しさが
私を叩き起した。だが、
私はひどく不気嫌であつた。

昼

エヤシップ程に細つた病める友の指をとつてゐた、
私達は最早かくべつ話すこともなかつた。
どう、お気分は？　まるで自分に言つてる様な言葉であつた。

晩

街の騒音が私をかすかに愉快にした。
それは号号と絶え間なく私の耳底をどうどう廻りする音響と類似した親しさをもつてゐた。

まるで莫兒比涅《モルヒネ》をさした様な快感であつた。
私は亞、亞、亞、亞と啞の様なはづかしい声を立てゝゐた。

官能に麻痺する夜、平凡な空気のゆらひでゐるなかで、をのれを見つめる時の悲哀、又朝には現実生活をまへに氏の息苦しさを感じる。文江氏が世を去って早や二星霜、生前の氏の足跡を私は今、更に読者諸兄姉の前で「夜の聲」を感じながら、しみじみと味ってゆきたいのです。これも〔若葉の頃〕

男『僕に惚れちや駄目だぜ』
女『わかつてるわ、貴方こそ私に惚れない様気をおつけなさいな』
二人は朗らかにわらひあつた。
そこでGの字の様なむづかしい顔をした
空の下で
男は堅パンの上にローソクをともした。
女『それ呪ひ？』

男『うん呪ひ、惚れ合はぬといふ呪ひさ』
二人は泪を流して火をみてよろこんだ。

女は夫を男は家にある妻を憶ひ出したが
妙にそれ等は風船の様に軽く何処かに飛んでゆきそうであつた。

男女の繊細な対話に、そして終の二行に、草木が思ふ様芽をふく春であるのに、人生には
どうにもならぬ淋しい焦思と昂奮の存在が私の心をGの字にする。更に〔一輪車〕を、

オリエンタルの光が色づいて
少女も無口になつてきた。
山の緑、土の紅、草のもゑ黄、
少女の乳房もふくらんできたのだから。

××

太陽は藤の若葉を通して
麻の葉の掛ぶとんに及んでゐる。
神様、朝ねぼうをおゆるし下さい。
女になりかけた少女は赤い金魚を孕んだ夢をみてゐるのですから。

右に附いて私の感想を述べる事は止す、なぜなればこの詩は何度も何度も朗読してゐると、ぞくぞくするやうな血の雀躍を感じるからだ。次に文江氏の〔おのれに就いて〕の詩を、

常にみとほしのつかぬ眼と、
かなしい長さをもつ影と、
火の様な頬をもつたためしがない、
たゞ極光《オローラ》の如き寒氣に
亂された時にのみ美しくなるのだ。

絶えずおのれを見つめてゐる、文江氏には地球をほうり出して、その一歩外に自分にのみ

あるやうな、冷たい世界の蒼白さを感じて、氏の悩裏に青黒い影が、不思議な力で深く探り入ってゐる、そして現実に生きてゆかねばならぬ苦しみと云ったやうな淋しさを、今此の他の数篇からも感ずるのである。

詩の朗読を記す胸に、私はあまり引用のみで頁を埋めてしまった、これではゐきなり詩集を読んだ方がましだと、申されるだらう、これは確だとも思ふ、だから若しこの方面での御云分があるとしても私は快く、そのかたに甘んぢる、けれど私のやうに未読の人にはこの文江氏の詩壇にのこした多大な足跡を知って戴くには、私に取って最上の好チャンスであったとひとりよろこびとしてゐる。

そしてこの詩集の作者文江氏の、真剣な意図に忠実であっただらうか、どうか私にはわからぬ、しかし自分が読んだ限りについては真剣にやったつもりだ、笑われてもこれは自分の無能の致す処にある。

文江氏の言葉に「私は自分の作品が生活内容の純粋な感覚的表現であると…」云々の云語に、私が又、こゝでくど〳〵しく感想めいた事を述べるのは無意味だと思ふので止した。けれど文江氏が「夜の聲」に叩き込んだ生活感情の、迫力のまへに、人生はあまり、氏に清純で、そして悽惨であったと思ふ、この迫力的なスケールをもった作品に敬礼を挙げる意味で

「夜の聲」の序詩を朗読することに止めてペンを擱く。

夜の聲《おまへ》は何故こゝまでやつて来た。
おまへの咳を聞いてゐると
私はたまらなく寂しくなる。
然し私は私の里《ナタアル》おまへに媚びるよ
私はおまへと共にある時
ほんのわづか富んでいるのだから。

*

**岬絃三**（一九一三〜四八）本名は田部悦郎。峰山（現在、京丹後市）に生まれる。京橋商業卒業後神戸へ、貿易会社に勤める。民謡などを『愛誦』に投稿することで知りあった亜騎保（本名は橋本宇一）の編集する『青騎兵』に最終号（八号）まで関わる。その過程で個人誌『滑車』刊行、ほかに、『鯱』『冬の日』第四次『神戸詩人』『牙』『以後』『天秤』などに関わる。満州や朝鮮を旅し、ルネ・クレールやコクトーの映画にも関心を寄せる行動的な詩人で、福

故飯田操朗［みさお］遺作展、昭和13年４月（於、姫路商工会議所）。
前列左から、岬絃三、光本兼一、小林武雄、詩村映二。後列左から
沢田良一、広田善緒、一人おいて中桐雅夫。
伊勢田史郎編集『輪』23号（1967年７月、所収）

島の佐久間利秋、長野の細川基、高岡の方等みゆき（深雪）、東京の杉江重英、高知の瀧川富士夫などを訪ね交友。神戸詩人事件で検挙起訴される。一歳年少の矢向季子は、岬絃三に信頼を寄せていたとおもわれる。

**若草**　矢向季子一六歳の頃に『若草』第六巻第九号（昭和五年九月一日号、東京日本橋区本銀町三丁目、寶文館。投稿欄の選者は大木篤夫）の「座談室」という欄で高知の今井嘉澄を知る。

**今井嘉澄**　詩集『虹の都』（南方詩脈社、高知市上本町三丁目）。『聖草』を創刊す

るが、五号より瀧川富士夫（高知市蓮池町二四—一）に編集をゆだねる。『聖草』命名由来は愛読していた『若草』だとされる。『鯱』（発行兼編集人・関谷忠雄、東京市渋谷区千駄ヶ谷三—五四九、創刊は昭和九年九月）の同人、この雑誌の同人だった岬絃三との交友が始まる。

**瀧川富士夫**（一九〇八〜三四）高知市生まれ。急性腹膜炎で死去。岡本彌太、間野捷魯、小川十指秋らが追悼文を寄せる（『動脈』二号、編集小川十指秋、大阪市港区市岡元町）。今井嘉澄の創刊した『聖草』を一九二九（昭和四）年五号より編集し藤田文江の作品「群雀」「癈人のノート」掲載。『鸞《らん》』を編集したが一〇号（昭和八年）より岡本彌太に一任。一九三三（昭和八）年に詩集『夜道』（聖草詩社、扉字高村光太郎、序文岡本彌太）。なお矢向季子は二六歳で急逝した瀧川富士夫へ悼詩を捧げている（作品「玲瓏」二八〜二九頁）。

*

札幌の詩人と矢向季子との関わりは今回つかめなかったが、岬絃三を通じ、神戸の小林武雄ら以外に、いや神戸のグループより親密に、藤田文江、間野捷魯、永瀬清子、瀧川富士夫らとのつながりに惹かれていたのではないかとおもわれる。

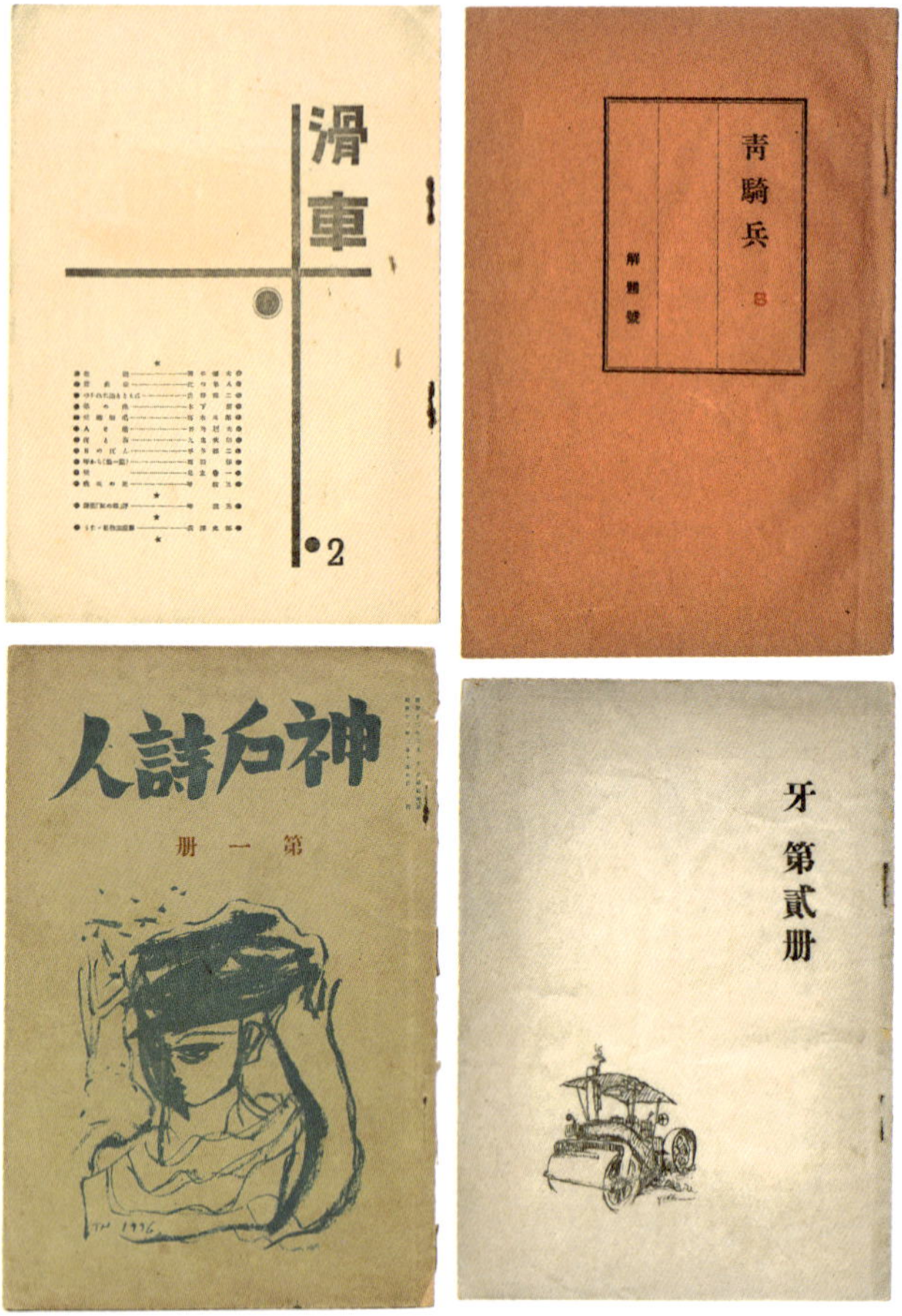


右上　『青騎兵』8　解体号（昭和８年３月）編集亜騎保
右下　『牙』第二冊（昭和９年６月）編集岬絃三　表紙絵、米田透
左上　『滑車』２号（昭和７年12月）岬絃三個人誌　岡本彌太、足立巻一、九鬼次郎らが寄稿
左下　第四次『神戸詩人』第一冊（昭和12年３月）編集小林武雄

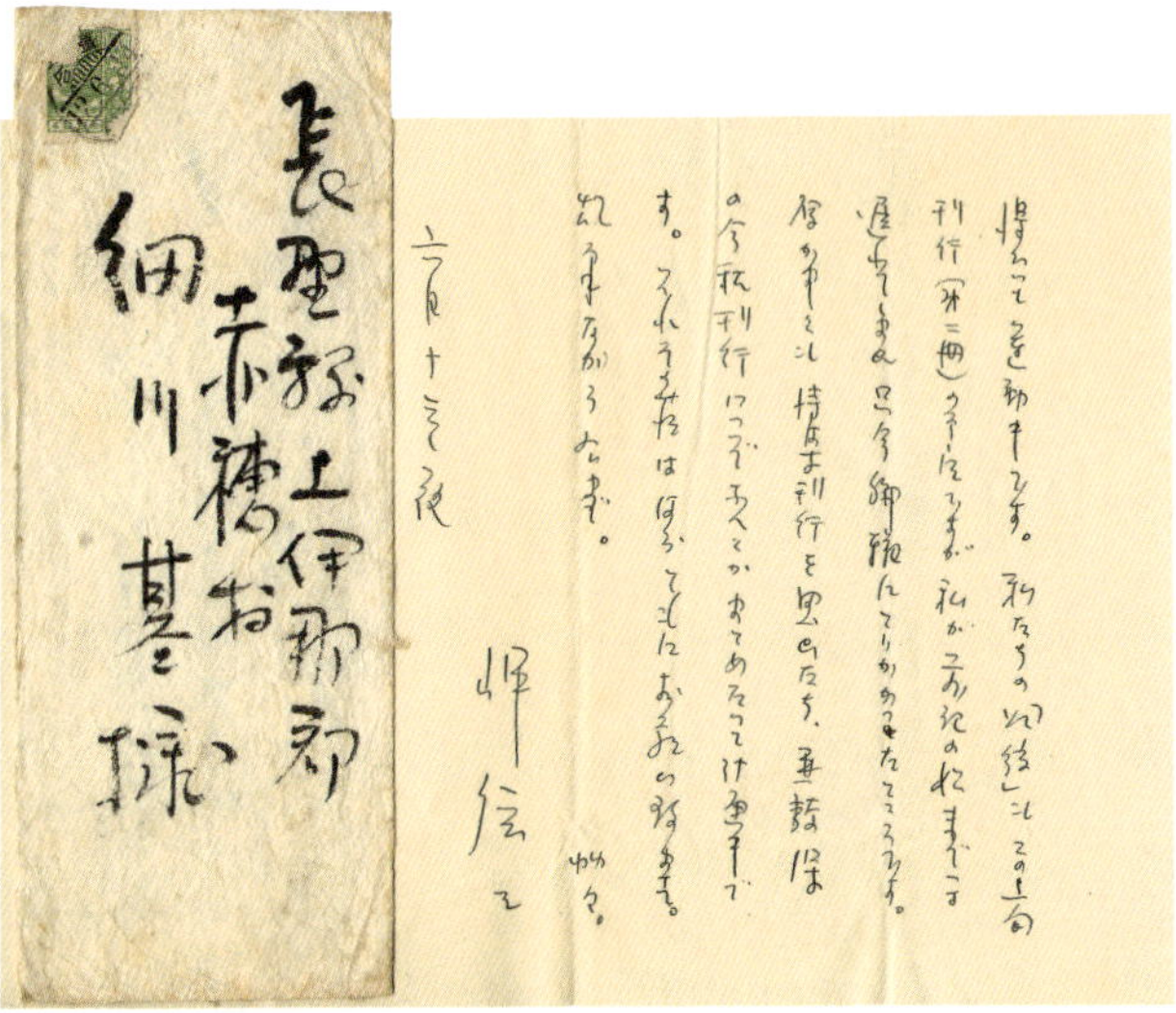

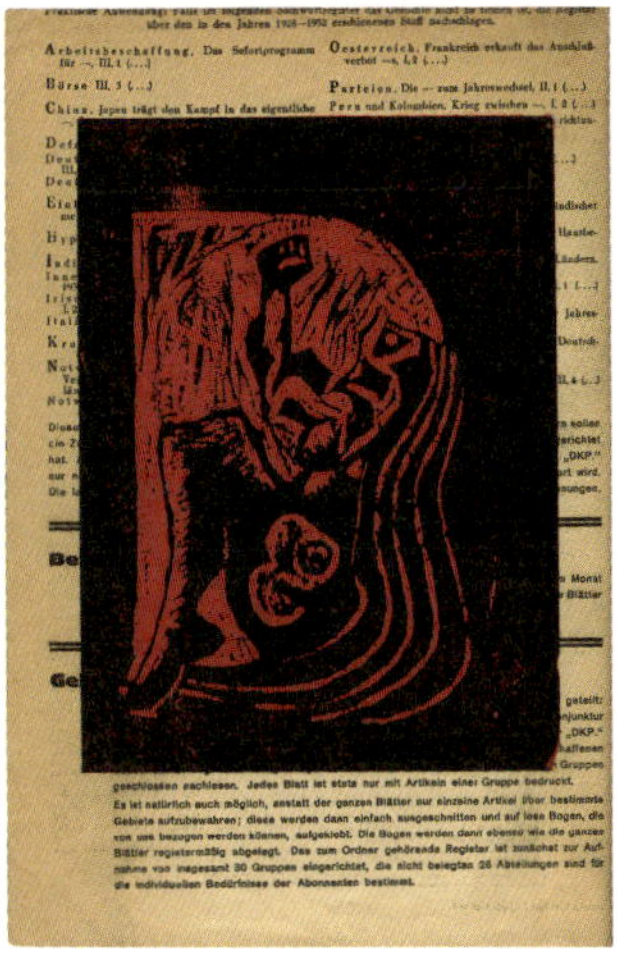

上　岬絃三書簡、細川基宛
消印昭和12年6月14日　高岡の方等みゆき、直江津の岡崎余情、鯖江の横山貞松、天橋立の浜田晴美を訪問したことなどが書かれている。
下　伊庭駿（足立巻一）の版画「生誕の時」『牙』創刊号（昭和9年1月、所収）

# 詩をよみはじめた頃

内田豊清

　私と彼女との出会いは、いつの頃であったか正確にはわからない。私はがん来後をふりかえるのは余り好きではない。それなのに、振りかえることにしなければならないようになったのは、何といっても、今日くるまの氾濫のせいだろう。歩いていて危険なゆえにふりかえる、そんな癖から過去へ眼を向けるようになったものか、あるいは、人間五〇才を過ぎると先を短かく感じて、若い日の方へのなつかしさのために精神がひきつけられるのか。何かの本で、日本人は過去に眼がむく、黒人は現在をみる、アメリカ人は未来を求めるとよんだが、どうやら私はやはり日本人の一人である。

　一度刻まれたものはなかなか消えないと見え、ふりむいた心のなかに浮き彫りのように見えるのは彼女であった。ただいえることは私が詩という形式のものを読みはじめ、何か甘い感傷にひかれて真似ごとにも書いてみる衝動をおさえられなかった時期のことだけは確かであった。

つまり二〇才までの頃のことであったろう。当時は「愛誦」「蠟人形」[1]「若草」その他等々といった新人登竜門の投稿雑誌の華やかさを呈していた。「愛誦」の選者は横山青娥で、「蠟人形」は西條八十で、「若草」は堀口大學であったと思う。しかし蠟人形は実際には加藤憲治が選にあたっていた。横山青娥も加藤憲治もともに西條八十の門下生であった。「愛誦」は何か人生派的なものがあり、「蠟人形」はロマンチックなものがあり、「若草」はフランス風のイマージュを主としたものが目だって、それぞれ雑誌のもつ性格が水ぎわだっていた。私がある人より誘い入れられたのは「蠟人形」の方であった。神戸の投書の中には、沢の井紅児、都詩華留、青木青磁がその力倆を示して推薦同人ともなっていた。[2]「愛誦」では、大塚徹、植原繁市、八木好美、取越三郎、詩村映二、亜騎保、足立巻一、谷外赳夫[3]等々の名がよく詩欄をかざっていた。私が多木伸と知り合いになったのもその頃であったと思う。当時私は書くよりも読む方が多く、読むといってもかくれて読むといった方が適当で、「蠟人形」という甘さからくる文学少女的趣味のはずかしさもあったろう。やがてその甘さにたえ切れず、鼻につきかけてきた時、「日本的」（これは間違っているかもしれない）とかいう豪華な一段ぬきの詩雑誌が伊福部隆輝という人の手によって生まれた。大木惇夫、勝承夫、井上康文、中野秀人等々といった当時の活躍詩人というかそんな顔ぶれの詩人達が寄稿していた。この詩誌が同人資格の新人募集を計画して、それにものの見事に入選したのが私がこれからいわんとする彼女であった。応募作品は一人十篇の最近作をもって選考したもので、私もこの期を逃がさじとばかり参加したのはいうまでもない。それが偶然にも佳作欄の十名以内に入ったからこんなうれしいことはなかった。彼女は「玲瓏」と「感能」とかいった作品名であったと思う。一見北原白秋風のスタイルを思わせるところもあり、ちがうところは彼女のもつ自己の女の匂を漂わした、しかもピチピチとしたタッチは南国のもつ情熱と明るさがあって各審査員が絶讃したものであった。それだけに当時の私の血を涌き上らせたのはたしかである。彼女の住所をみると、私宅より市電停の二ツ向こうの近距離にあった。そこで私は思いきって訪問する決心の手紙をかいてみた。返事はほどなくしてきた。差出人の名も男名にしてほしいとたのんでいた通りにしてあった。男女の仲を特に口やかましい母の目をごまかす手段の余儀ない方法であった。もちろん母に気づかれず、私はかくれて封を切った。水白粉の匂がプンとして何か秘密ごとでも知るような思いで楽しくさえあった。二月○○日午後○時頃に一度きて下さい。是非待っていますからと、書いてあった。口実をもうけて当夜そのひとの家の前まで行ったが、玄関のガラス戸があけられず、その暗い露路を二回ほど往ったりきたりした。時間をみてひょっとしたら中からでてきてくれないものかと期待したものだったがそんな気はいはなかった。無理もないことで、私としてははじめての異性の家のおとづれである。ただわけもなく胸が鳴るだけであった。そこで自分を落ちつかす意味でその町を一巡した。寒い夜だったが妙に寒さなど少しも感じなかった。再び露路の入口に立った時、こんどは一直線に歩いて行き、思い切って手をかけるとわけなくガラス戸があけられた。と同時にそれとわかったのだろう、すぐ人の気配いがして「待ってましたのよ」と障子をあけられてそこではじめて彼女の顔をみた。丸顔だった。ふくよかな体の持主だった。愛想よくてすぐ居間に通された。私は何だかかたくなってことばがでてこなかった。身体全部がほてってきて、眼だけが彼女をとらえているようにただみつめるしかなかった。そんな私を察したのか、

「ほかに誰もいないのよ、姉は親戚の家にとまっていますので、今夜は私が一人留守番です」

わらって金歯がピカリと光った。

「寒かったでしょう。火鉢にあたって下さい」

と炭をつぎ隣の部屋からカゴにリンゴをもって私の前においてうながし、私が頭をさげる

のを見てから
「私ね、リンゴには皮なんかむかずに喰べるの。この方がとてもおいしいわ」
リンゴを口にもっていったかと思うと、ガブリと歯をたてた。このとき私の中にたまっていたものが一度にくだかれてとけて行くようなものをかんじた。そこで私もリンゴにかぶりつくしかなかった。何だか彼女の気安さのなかへ私がさそいいれられて行く思いがした。
紅くぬられた口びるにリンゴが切りとられて行くさまは艶があり、詩からうけるイメージそのままの情景をまざまざと見せつけられた。私よりは二三上のように思えたが、一寸いたづらっぽい目ざしにはそれよりも若く見えるのが不思議なくらいであった。お茶を入れては次の部屋から詩雑誌や、詩集や、絵等をだしてきてはいろいろ話してくれるのだった。私はただきくだけで楽しくなって行くのを覚えた。しかし彼女がいちいち、奥のへやとの行ききのたちふるまいにはいささかへいこうするよりも私の目がいとめられたのは、彼女の裾のけだしがあまりにも無雑作に見られるからであった。それを意識して見せつけているようにもうけとれる動作で、座っていても前をあわせようともしない自然の所作のようにして何かと話すのだった。きびしい昔かたぎの母親のしつけでそだってきた私にはきまりわるくまともに眼をあげていられなかった。この時、私は白秋の「おかる勘平」という肉感的な詩をよんだことを思い出して胸のどうきをおさえることができなかった。こんな私を見てとったのか、彼女はさいごにとりだしたのは、アダムとイブの絵であった。

「これ、知ってる？」

うつむいている私の耳もとに声をおとしていった。私はどきっとした。二十才となって知らない筈はない。しかし私はとっさに知らないといってしまった。彼女の説明がどのように私にしてくれるかといったずるさとこの時、私の血が何かを待ち受けている状態におかれてしまっていたはてにそんな嘘を平気でついてしまったのだった。

「おしえてあげるわ」

プンと水おしろいの匂がした。手紙をもらったあの匂だった。

家に帰ってこっそり、床にもぐりこんだが私の頭の中はイルミネーションがついたり消えたりするようでなかなかねむることができなかった。

それから、四五日たって、母が、

「お前はこの間S奥さんの妹さんのうちへ行ったというじゃないか。奥さんがいっていたよ。そんなところへ行くんではない。少しは家柄のことを考えないのか」

こっぴどく私は叱かられた。

全く、予期しないだけに、寝耳に水とはこのことだった。うまくかくしおおせたと思っていたのに。どん百姓上りでも旧家は旧家である以上、体面や家柄で特に母が私を見ていただけに、男女の交際もきびしく、親をだしぬいての訪問が母には何かきづけられたように思われたのだろう。それにしても近くに住むS奥さんの妹さんの家だとはよもや知らなかった。彼女がその姉に話したのか、姉が親元にいった時に私の住所から聞いたものか。その姉なるS奥さんが私の母にいったことだけは確であった。

そんなことがあって、私にくる手紙に対して母の目が注意深く光りだしたのはいうまでもない。

次の約束のくるはずの手紙も来なくなったのも、母の手でにぎりつぶされたものであろう。私と彼女との間がそれっきりとだえたのは、母の目をたえず背後に浴びるようになってからであり、後になって思うことは、何か手を打ったのだろう。S奥さんの家は一ヶ月目頃他に移転してしまった。私が弱いといえば弱かったが、何よりも私は母の教示を生きてきただけに、母への服従が、当時母に対する私の親孝行のかたちであったからでもある。

好きともきらいともない、そんな感情の生れる以前のボヤッとしたなかから何かがむくむくふくらみそうな思いがした時にピシャリと平手うちを喰ったようだった。

ただ雑誌が発行されるごとに買い求めて、彼女の作品がでているのをみつけては一番先に読んだものだった。一段ぬきで当時の詩壇人と並んで掲載されていた。一寸うらやましい感じだったが、入選者に対する資格を与えられたのだから当然である。それにしても発表する作品には彼女らしいいかにも内部から溢れでる感能が、私にはなまなましくつたわってくるのも、彼女との最初の出合いでしかも最後となってしまった。その夜の雰囲気が私の身体の細胞の一つとしてひそかにうづいたからであろう。

そのご母は死に、昭和二十年三月十七日の早朝の米機空襲できれいさっぱりと家もろとも何もかも灰じんにきしてしまった。それがもとで父も気が弱くなり終戦をしらずに死んでしまった。

はからずも「蜘蛛」三号で君本昌久氏が、戦前神戸詩史ノートの中で何とよんでよいのか「噩神」は小林武雄、亜騎保、矢向季子らがよっていたと記してあった。落しものを拾い上げたように浮び上ってきたのが矢向季子であった。それが私のいう彼女であった。

［註］

（1）昭和七年頃に内田豊清らにより『蠟人形』の神戸支部が結成され、昭和一〇年頃まで元町のトキワヤ・フルーツパーラーで月例会が開かれている。

＊

『蠟人形』（第七巻第七号、一九三六年）の詩の投稿欄（選者西條八十）に白神鑛一（中桐雅夫）の投稿作品「宿命」がある。

肉体がほそい巻貝となつて
追憶《スヴニイル》に耐えかねて泣く頃
壁にかけてある蠟細工のピエロは
ニツと微笑み
粛条と降る雨の中を
化石が動いてくる——その今宵
私は机に俯《うつぶ》して

私は宿命に泣いてゐるのだ。

こころよ、吹千断《ふきちぎ》られたこころよ
春の旋回調《ロンド》がなりひびいてゐるではないか
過ぎし日を思ひ越して
熱情《パッション》よ、切々と胸をうて――うてよ。

再び、どきどきと打つ脈拍を聞きたい――

中桐雅夫は神戸詩人事件の項目で触れる（一九一～二〇六頁）。

(2) 神戸の投書家の沢の井紅児、都詩華留（都・詩げる）、青木青磁だが、『蒼穹』（発行人、青木實、兵庫県多紀郡篠山町真南條）という民謡雑誌のメンバーである。細田静夫（兵庫県多可郡松井庄村）編の『一九三一民謡詩人年鑑』には以下ピックアップされている。『風と雑艸』編集兼発行人、市場春風（姫路市材木町五六）。詩村映二、吉沢独陽、植原繁市、木坂俊平ら

が寄稿、『南溟藝園』多田南溟人（台北市御成町一―一一）、国井重二、細田静夫らが寄稿。

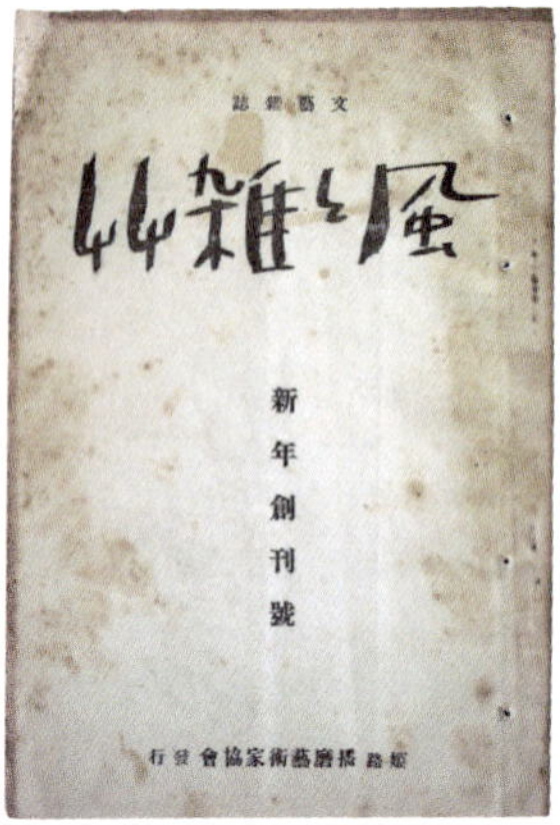

上　『風と雑艸』創刊号（昭和5年1月）編集兼発行人、市場春風（姫路市材木町五六）
下　『蒼穹』5号（昭和8年2月）発行人、青木實（兵庫県多紀郡篠山町真南條）

(3)　谷外赳夫《たけお》は小林武雄の筆名である。小林は一九一二（明治四五）年に神戸柳原で生まれる。母は花街で歌沢節の師匠をしていた。その境遇ゆえ幼少時より筆舌に絶する苦労を重ね、たまりかねた母が姫路近郊の谷外村（現在の姫路市飾東町《しきとう》）の生家へ小林を預けた。筆名のゆえんである。花隈と並び称される柳原の花街は、初代兵庫県知事の伊藤博文の豪遊の地であり、映画評論家の淀川長治の生家が芸妓置き屋を営んでいた。

谷外赳夫の第一詩集『敬虔《つつま》しき朔風』（「詩創元」発行所）の出版記念会は一九三二（昭和七）

年に大塚徹の喫茶店「カナリア」(姫路市堅町)で開催され、詩村映二らが参加した。なお当時の姫路の堺筋界隈(現在は五軒邸と堺町周辺)は生野街道筋で、大塚徹の実家の質屋、竹内武男の下駄屋、小松原死解雄の豆腐屋などが軒を並べていた。

＊

小松原死解雄(繁雄)はアナキスト。大杉栄、伊藤野枝追悼会を開催、検挙される。アナキスト結社「黒闘社」の笠原勉(神戸市葺合区)の『布引詩歌』(昭和九年創刊)同人。大塚徹の第二次『ばく』創刊号(昭和一〇年)の作品「未決にある友を憶ふ」を引く。

鋭角を歩いてゆく友の足跡を消して、雨―風―空に―弔旗なびく
全貌を掩ふ鉄のマスク、弔旗にはつきり構図を描きわけようとするもの、、
グレーンの重圧、暴風となる。警報《シルシ》は高くへんぽんとひるがへる

アナキストの朴訥な作風と竹中郁ら海港詩人倶楽部の洗練された作品が同時に生まれているところが一九三〇年代の神戸のモダニズムの特徴である。

# 内田豊清のこと

内田豊清のエセイは、一九三五（昭和一〇）年頃の矢向季子のスナップショットである。初出誌は林喜芳主宰の『少年』六号（昭和五〇年二月）。執筆時期はもっと前である。林喜芳が内田豊清のかつてのエセイの寄稿を依頼、このエセイがなければ、生きていた頃の矢向季子の姿はついにわからなかったであろう。内田豊清と矢向季子は同年生まれ、矢向は一月、内田は三月。なお内田の妻は内田季子。季子といっても、旧姓は矢向ではないであろう。次に当時の東尻町二丁目を描くエセイを紹介する。筆者は林喜芳である。[1]

「作同《さくどう》の事務所へ一緒に行かないか。」

と坂田が誘ったことがある。作同の意味も判らぬまま、好奇心ばかり強い私はそのまま連れだった。作同とはプロレタリヤ作家同盟のことであるのが話のなかで読みとれた。東尻池の市電交叉点の西山側、稲荷を祀る祠《ほこら》の傍にその事務所はあった。

作同、作家同盟などと聞けば、作家もしくは作家志望の人たちがいて常に論戦火花を噴いているかに思われ、期待して坂田の尻に従った。

傾いた格子戸をガタビシと開けると、踏み込み庭に四、五足の汚ない下駄や草履が散らばっていてすぐ階段がある。砂と埃とでザラザラする階段に足を掛けた時、私の幻想は忽ち崩れていた。坂田のあとを追って階上に踏み入れた我が足をどうしてよいか判らない。男が五人思い思いに部屋一パイに寝そべっている。煙草の煙だけが充満していて、誰もひと言《こと》も喋らない。私はこんな風景に接したのは初めてだ。

『神戸文芸雑兵物語』一三二頁

東尻池の市電交叉点の北西の神社はお稲荷さんではなく八幡宮である。祠のそばにあったプロレタリア作家同盟の事務所、その露地の奥に、姉と二人暮らしの矢向季子の棲み家があった。当時の長田地区にはゴム工場がひしめき、多くの女工さんの住まいが密集していた。

さて内田豊清であるが、晩年を知るひとは「ほうせいさん」と、じつになつかしそうに語る。このことで人柄は伝わってくる。阪神大震災の後、西区の西神工業団地の近くの仮設住宅に移転、厳しい晩年であったと聞く。

一九六〇年頃、ブラジル政府は自国の文化の普及のため、日本に接触してきた。担当者はＬ・Ｃ・ビニョーレス。ビニョーレスは北園克衛らの編集した『鋭角・黒・ボタン　一九五九年アヴァンギャルド詩集』（発行所・前衛詩人協会）を読んで各地をまわり、神戸へやって来た。そして、謄写版の同人誌『鋳』（昭和二五年三月創刊、発行人神戸市長田区苅藻通二丁目五四、鋳同盟詩社、山口健）の同人だった内田豊清や山口健らと懇談、北園克衛と文通をしていた丸本明子が営む元町の喫茶店Ｄｏｎでしばしば会った。

前衛詩人協会の会長は北園克衛、副会長は岩本修造、内田豊清は上田敏雄、清水俊彦、諏訪優、黒田維理らとともに理事であった。

上　『鋭角・黒・ボタン』1958年アヴァンギャルド詩集　前衛詩人協会
下　『鋳』11号（昭和27年5月）編集内田豊清　鋳同盟詩社

金澤一志は山口信博との対談で次のように語っている。

**山口**　ビニョーレスは国益を担って日本に来ていた。文化報道官だから、ブラジルの文化のひとつとしてコンクリート・ポエトリーを世界に広めるのが仕事だったわけですね。

**金澤**　北園さんがひとつだけつくって、後は何もする気がないらしいということがわかったとき、五〇年代の終わりですが、ビニョーレスは、これはもう草の根でやらなきゃいけないと、日本中、九州から東北は青森まで回って、地方の有力な詩のグループをオルグしようとした。

**山口**　そういう流れなんですね。能登半島のある中学校の校歌もつくっていますよね。

**金澤**　たとえば壺井繁治から発した、神戸の「鋳」という労働運動系のグループと接触したんですが、政治的前衛は芸術的前衛と変わらないっていうところで合致しちゃったらしくて、ビニョーレスが表紙を描くようになって、突拍子もないことに、そのメンバーが書く詩は、内容は左翼的なんだけど、どんどん図形詩になってくる。結局「鋳」のメンバーは「鋭角・黒・ボタン」にも参加することになる。それから四年ぐらいして新国誠一さんがやっと出てきて、ビニョーレスさんはもう絶対に離さないと。そういう十年がある。

対談「北園克衛の新しい光」『現代詩手帖』二〇一一年六月号

以上は、矢向季子をとらえた内田豊清の一面である。

［註］

(1) 林喜芳《きよし》（一九〇八〜九四）神戸市東川崎町生まれ。楠高等小学校中退。給仕、印刷文選工、易占い、露店商など転々。テニスコートのある家に住む竹中郁はまぶしい存在だった。しかし文学への情熱やみがたく、『戦線詩人』『街頭詩人』『裸人』『セレニテ』などの同人誌に関わり、一九三〇（昭和五）年四月『魔貌』創刊、表紙絵は北園克衛。詩集『露店商人の歌』（一九五八年、大栄印刷株式会社）、一九七四（昭和四九）年に『少年』を創刊、小林武雄の神戸詩人事件の見解に異議をとなえる佃留雄に連載の場を提供、一書（兵庫「まぼろしの双書」第二集『暗い谷間のころ——神戸詩人事件を中心に』培養社）にまとめた。『神戸文芸雑兵物語』（一九八六年、冬鵲房）は神戸の一九二〇年代の文化状況を切り取ったドキュメントである。なお培養社の兵庫「まぼろしの双書」第一集の板倉栄三の詩集『歯抜けのそうめん』（一九八〇年）は好評で、高木護から支持された。

*

板倉栄三と林喜芳とは幼馴染み、二人とも所謂細民、たまの休日に本屋や図書館に出掛け、『ダダイスト新吉の詩』（編者辻潤、中央美術社、一九二三年）やアナキスト和田信義らの雑誌『悪い仲間』（一九二三年創刊、神戸黒刷社）などを手にとり心揺さぶられていた。一九二六（大正一五年）二月一一日、好奇心旺盛な二人の働き人《ど》は関西学院文学部の第一回文科祭にもぐりこみ、竹中郁の朗読する萩原朔太郎の「鶏《にはとり》」（『青猫』）の「とをてくう、とをるもう、とをるもう」を聴いている。

この日の竹中郁は自作「若い水夫」の朗読も試み、竹中もメンバーだった文学部月曜会により未来派驚愕劇『徴兵検査』を上演（竹中は花嫁役、演出は青山順三）、これが神戸の大正期新興美術運動の最後の光芒といわれている（平井章一、現在関西大学文学部教授）。美術（浅野孟府、岡本唐貴、田中時彦）、演劇（川口尚輝）、写真（淵上白陽）など異分野と横断的に関わる当時の竹中郁の活動の一端を示す展覧会目録（大正一四年）を掲げる。

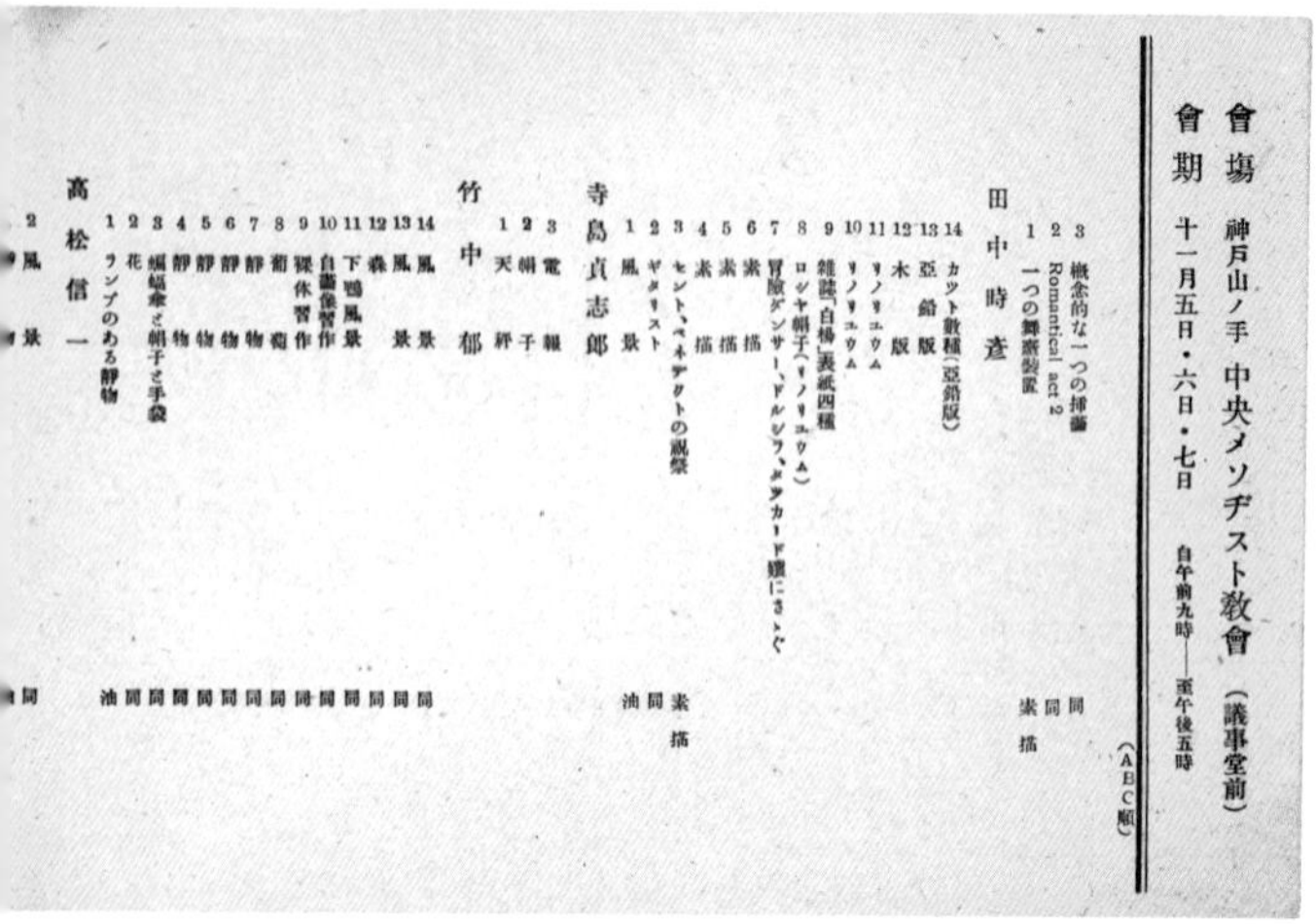


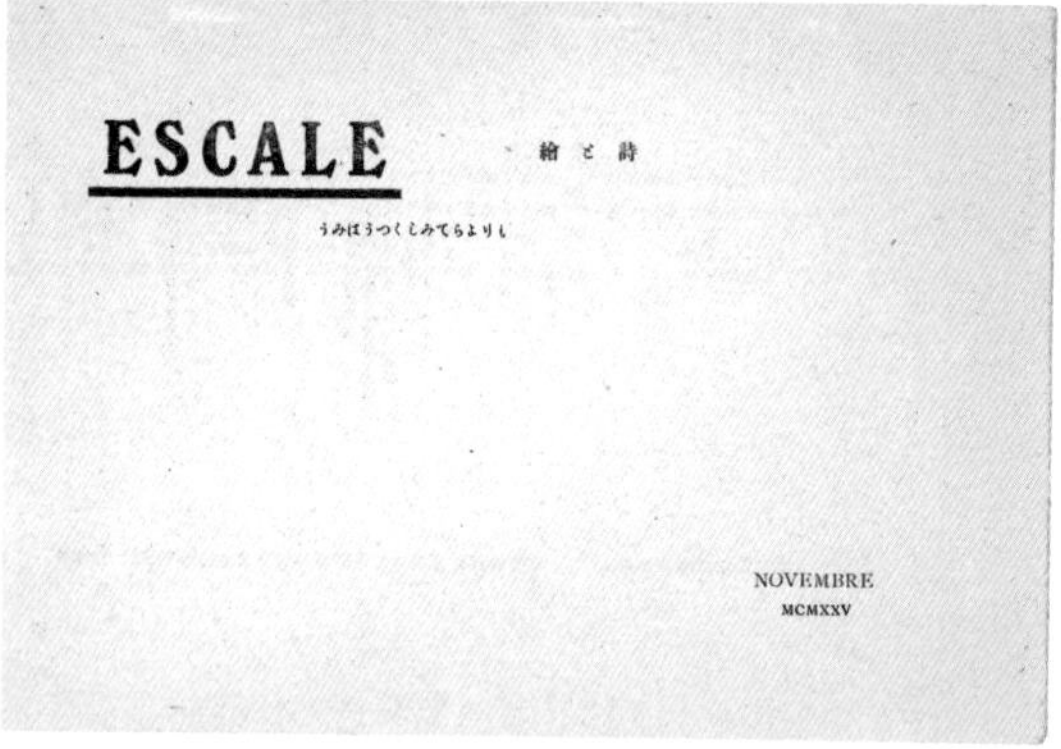


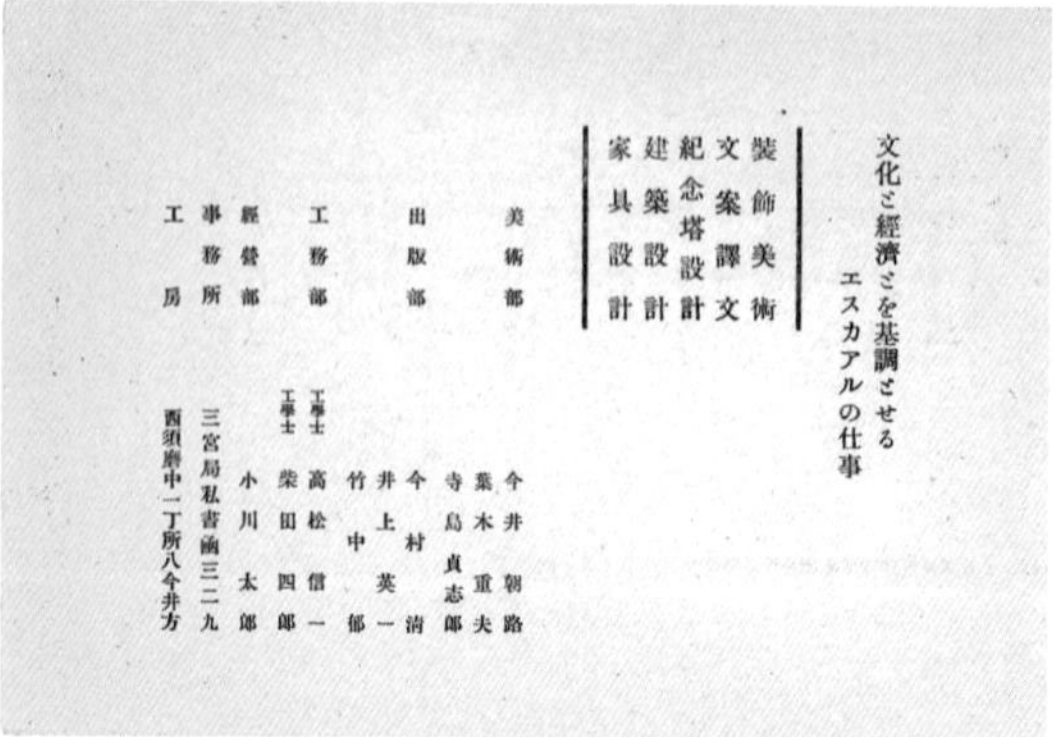


エスカアル生誕紀念　絵と詩の展覧会目録　大正14年11月５～７日
会場；神戸山ノ手　中央メソジスト教会　熊田司提供

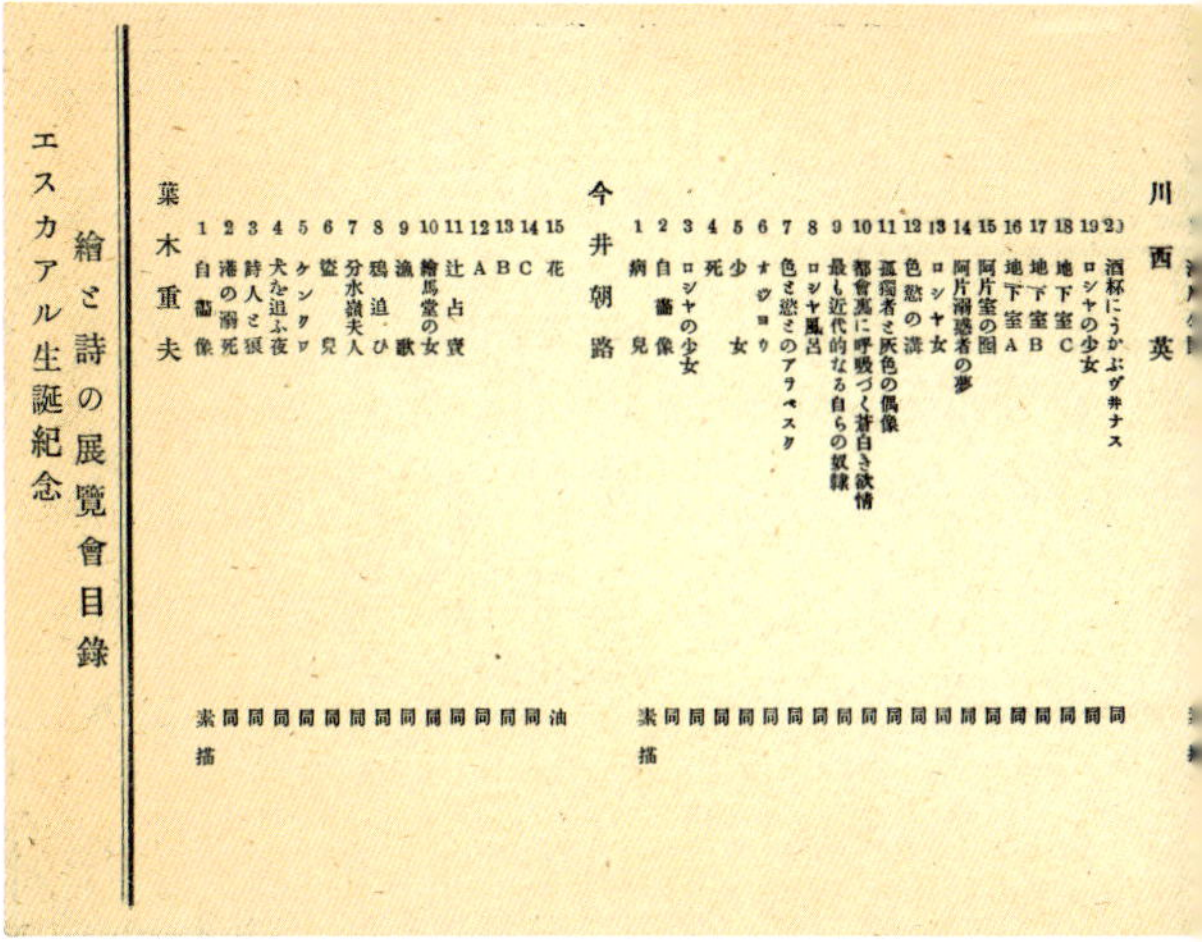

川西英

20 酒杯にうかぶヴ井ナス 同
19 ロシヤの少女 同
18 地下室C 同
17 地下室B 同
16 地下室A 同
15 阿片室の図 同
14 阿片溺惑者の夢 同
13 ロシヤ女 同
12 色慾の譜 同
11 孤獨者と灰色の偶像 同
10 都會裏に呼吸づく蒼白き欲情 同
9 最も近代的なる自らの奴隷 同
8 ロシヤ風呂 同
7 色と慾とのアラベスク 同
6 オツヨリ 同
5 少女 同
4 死 同
3 ロシヤの少女 同
2 自畵像 同
1 病兒 素描

今井朝路

15 花 油
14 C 同
13 B 同
12 A 同
11 辻占賣 同
10 繪馬堂の女 同
9 漁歌 同
8 鵜追ひ 同
7 分水嶺夫人 同
6 盗兒 同
5 ケンタロ 同
4 犬を追ふ夜 同
3 詩人と猿 同
2 港の溺死 同
1 自畵像 素描

葉木重夫

繪と詩の展覧會目録

エスカアル生誕紀念

主催者は版画家川西英《ひで》と親交のあった画家今井朝路（一八九六～一九五一）だとおもわれる。竹中郁は三点の作品を発表している。前年（大正一三）の一一月に福原清とアポリネール六年忌として詩画展を開催、翌年（大正一五）には、第一詩集『黄蜂と花粉』を上梓する前の活動だった。足立巻一は川西英の版画に魅了され、一時期、版画を彫って同人誌に掲載した（一二一頁書影参照）。竹中郁と今井朝路との交友は足立巻一の『評伝竹中郁』（理論社、九九～一一三頁）に詳しく書かれている。

＊

佃留雄（一九一四～八二）は、左川ちかや山中富美子らが加盟する北園克衛の「アルクイユのクラブ」のメンバー。北園克衛の『VOU』創刊号（昭和一〇年七月）から四号に寄稿、また鳥羽茂編集の『MADAME BLANCHE』『レスプリ・ヌウボオ』などに寄稿した。

## 矢向季子のこと――シュルレアリスムの目覚め

矢向季子（一九一四～没年不詳）、本名なのか、どう読むのか、一九一四（大正三）年一月一九日、神戸市生まれとあるが、区、番地は不明。作品発表時の住所は神戸市林田区（現在の長田区）東尻池町二丁目一三八。境涯は、ほとんどわからない。ちなみに同年生まれに、立原道造、杉山平一、神谷美恵子、丸山真男などがいる。

新温泉町浜坂の高森大作さん架蔵の『噩神《がくしん》』創刊号で、初めて読んだ作品「破廉恥祭」、一〇歳年長の詩人竹中郁（一九〇四～八二）に昂然と挑む姿がけなげであった。現在読むことのできる作品一五篇と、水白粉の記憶の匂いを残し、途絶といっていい消え方をした未完の詩人である。水白粉は、戦時下の矢向季子の身体からほのかに匂い（彼女の手紙からも匂いたっていた）、そのはかなさは、彼女に近づくひとを魅了した（内田豊清のエセイ「詩をよみはじめた頃」一二四、一二七頁参照）。ちなみに、藤田文江の手紙の封を切ると、ロジェ・ガレのヘリオトロープが匂いたったという。

死は、消失の極みである。沈黙に覆われる。生命活動を終えると始まる沈黙、宇宙の無音、銀河系の轟音は遠く、また身近にある。中断、突如行方不明になった詩人、そのいくたりかをおもい、彼らの内面におもいを寄せる。矢向季子も、中断の永遠化としての沈黙につつまれる一人である。その前に立ち、わたしは書きはじめる。案内、いや、これは死者に導かれるノートである。[1]

一冊の詩集を編むこと、矢向季子には、おもいもしなかったことだろう。何かに、激しく促されるまま、ことばを刻む。官能の火と花の軌跡、奇蹟といっていい行為の結晶がのこされている。だから、今回の詩集の上梓はある意味、暴力だろう。沈黙は厳と在りつづける。無粋だと自覚しながら、編集にあたった。

原稿用紙に刻みこまれる文字。インキの染み。手のふるえ、鼓動。誰もいないはずなのに、誰かがひそむ部屋。屋根の上空の戦闘機の銀翼。近くの海をゆく軍艦の水脈。ゴム工場の臭い。非常時の家常茶飯、めしを炊くのでもなく、まな板に向かうのでもない詩作。生産とは真逆の手仕事である。

周囲恐怖の矢向季子の繊細さにとって、内面も敵であった。先ず、こう見定める。書きあげた作品は新たな敵であり、繰り出してもなお吹き荒ぶ内面にあらがう、あらがいに従う行

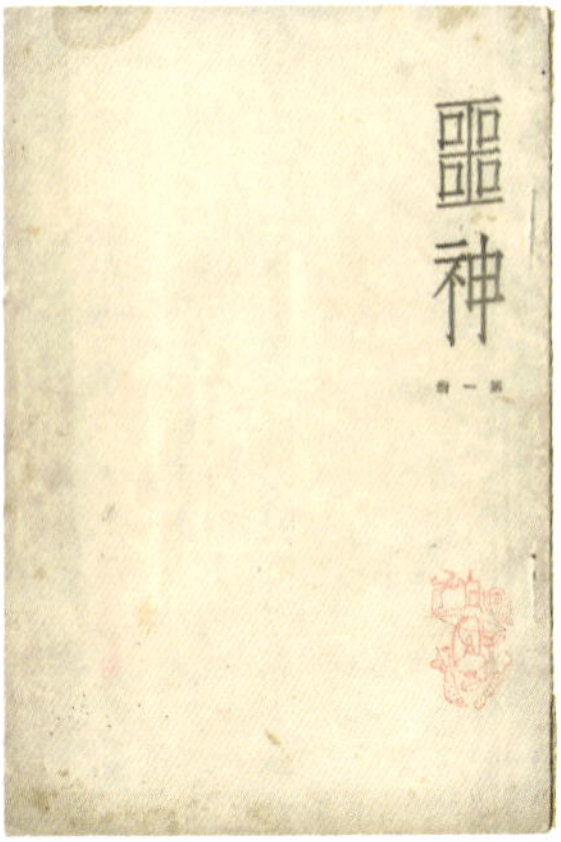


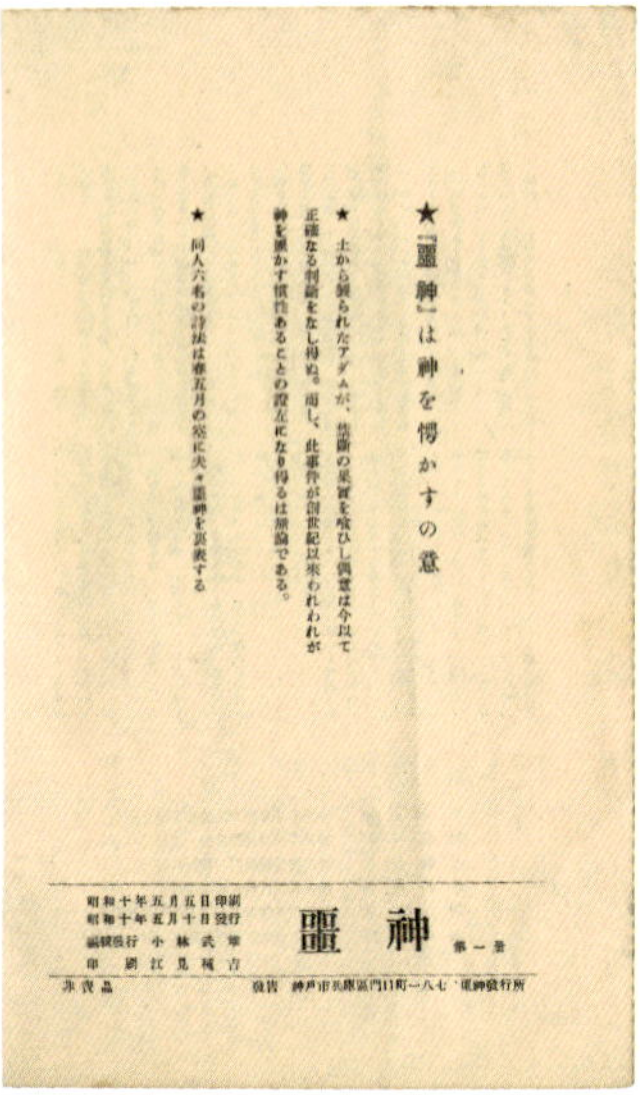
★『噩神』は神を愕かすの意

★土から捏られたアダムが、禁断の果実を喰ひし偶意は今以て正確なる判断をなし得ぬ。而し、此事件が創世記以来われわれが神を驚かす慣性あることの證左になり得るは勿論である。

★同人六名の詩法は春五月の空に夾へ噩神を裏表する

昭和十年五月五日印刷
昭和十年五月十日發行
編輯發行 小林武雄
印刷 江見福吉

噩神 第一册

非賣品
發賣 神戸市兵庫區門口町一八七 噩神發行所

左上　『噩神〔がくしん〕』第一冊（昭和10年５月）
右上　同、奥付
左下　『噩神』第三冊（昭和10年10月）高森大作提供

為のみ神聖、そうおもわさせる一五篇、すべて原石である。[2]
一五篇、だが、「感覚《サンサシオン》はいつも苦痛に満ちてゐる」、瀧口修造が引き、後に藤井貞和が引用したセザンヌを想起させる無垢の原石である。
非常時という強いられた時間を契機に目覚めた詩作の実験場。今すこし詩的行為をつづけていたなら、方等みゆき（一八九六年生まれ）、藤田文江（一九〇八年生まれ）、荘原照子（一九〇九年生まれ）、左川ちか（一九一一年生まれ）、山中富美子（矢向と同年の一九一四年生まれ）、塩寺はるよ（同年生まれ）らに連なる詩人であったに違いない。[3]
以上をおさえ、次に、ことばと詩集の関係におもいを巡らせる。一篇の作品を書き継ぐ過程。束ねて詩集という物質に仕立てる作業。一片の作品と一冊の詩集とのあわいを見据え、あわいを跨ぎ越すことのない思考を重ねることを今回の編集の過程に課した。
矢向季子が詩の行為に駆りたてられていたとき、瀧口修造（一九〇三〜七九）は「詩と実在」を書き、「詩は信仰ではない。論理ではない。詩は行為である。行為は行為を謝絶する。夢の影が詩の影に似たのはこの瞬間であつた」（未完）と結んだ。矢向はこれを読んでいたかどうか、おそらく、シュルレアリスムを無意識に分有する精神は、書かれた作品をうち壊し、なお作品行為に突き進むという背離をわがものにしていたことであろう。そして、この分有、シュルレアリスムの目覚めが非常時の姿勢を支えていたはずである。[4]

現実に対し、新たな強度を創出する未完の行為、その途絶。行為に駆り立てられたひとの消失。のこされた作品は散乱にゆだねるべきかもしれない。詩集という物質にすることへの拒絶、無意識の拒絶を一五篇から読みとるべきである。

痕跡を嫌う、矢向季子をみているとそうおもえてならない。雑誌『日本詩』の新人募集に応募、三篇が選ばれたが、投稿規定には一〇篇以上二〇篇以内とある。おそらく、残りの七篇は破り棄てられたと考えられ、それは潔さといえるが、未完の行為こそポエジーとする矢向の姿勢に拠るものと考えるべきだろう。

姉と二人暮らし、隣人から冷たい視線を浴びていたのではないか。感受のなかでもがく時間、一瞬、促されるものがある。火と花の破片が息づき、もがきは生かされる時間に変状する。向こうからの訪れをつむぐ、その一瞬だけが生きることになる。訪れを編み、詩として刻みこむとき、矢向季子は、隣組、国防婦人会、地域の隣人のなかで非在、だから凍りつき、非在のまま在りつづけた。ことばを刻む時間は、凝結した精神のさなかで実践された。それゆえの光芒。ひたすら書く、生きて書きつづける、ところが、書けば書くほど精神は飢え、傷つき、傷は抉られ深まり、深まるまま、作品行為は促された。

消えた時間。消えた家や小径。確かにあったものは消えている。痕跡はどこへいったのか、一枚の写真も私信ものこさず、このような消え方があるのか、あっていいのかとおもわせる幕引き。忽然と姿は消えた。敗戦の年の三月一七日の米軍による神戸空襲を浴びたのだろうか。突然の病で生が中断したのかもしれない。寄稿した同人誌は『時計台』（札幌市大通西四十四丁目一番地、編集、鈴見健二郎）、神戸の『高架詩篇』（編集兼発行人、原戸鹿蔵、神戸市兵庫区上沢通三丁目一〇）、『鼉神』（編集発行、小林武雄、神戸市兵庫区門口町一八七）、『素描』（筆者は未見）。一九三五（昭和一〇）年五月以降の作品は確認できていない。

一九三〇（昭和五）年、一六歳の矢向季子は、『若草』などを手に取り、表現の世界に魅了されていったとおもわれる。『若草』の投稿欄（選者大木篤夫、一九三二年までの筆名、後に大木惇夫）や「サークル」「座談室」で知ることになった今井嘉澄から『聖草』（編集、瀧川富士夫）を送られ、藤田文江の作品「群雀」と「癈人のノート」に出会ったことは決定的だった。

一九三四（昭和九）年に『日本詩』（編集委員、赤松月船、大木惇夫ほか三名、アキラ書房）の新人募集（種目、詩、詩論、詩人論）に投稿し（応募人員六一五人、篇数一万余篇）、「玲瓏」「月」「官能の叙曲」の三篇が入選、その年の一二月の新人特集号に掲載された。選外佳作に、天野忠（一九〇九〜九三）の「埋骨夢」がある。これは初期の作品で、全集（永井出版企画）未収

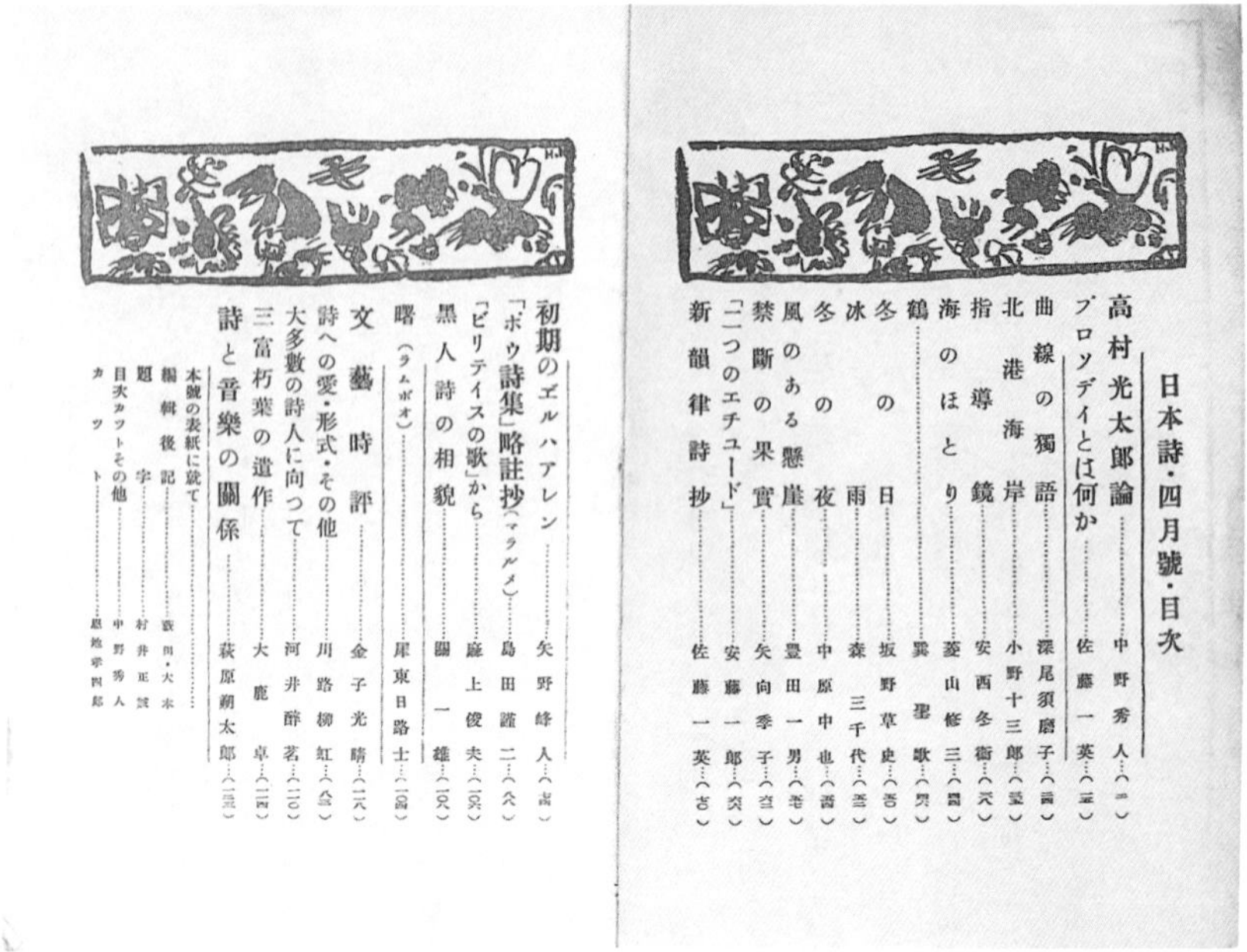

日本詩・四月號・目次



『日本詩』4月号目次（アキラ書房、昭和10年）

録である。また、長野の西山克太郎は詩論「自由詩を中心とする覚書」を応募してい[5][6]た。

一九三五（昭和一〇）年の『日本詩』四月号に原稿を依頼され、「禁断の果実」「青い貝殻」「春日」「正午」の四篇が中原中也の「冬の夜」と並んだ。矢向季子の感動はいかばかりであったか。「詩欄は深尾須磨子の力作「曲線の独語」を乞ひ得た他、光彩陸離たる十一氏が一斉にくつわを並べての盛観である」（籔田義雄）と編集後記に記されている。

同人誌『高架詩篇』も『噩神』も発行所は兵庫区、現在の柳原蛭子神社の近くである。神社から国道二号を横切り南へ数分、運河を横に海の方へ歩くと、「華の事は華にとへ、紫雲の事は紫雲にとへ」とした捨聖、踊念仏の一遍上人終焉の地である真光寺がある。そこから振り返れば、六甲摩耶、菊水という連山からはずれた独立峰の高取山、別名神撫山が聳えている。

内務省警保局は「昭和十一年三月頃コップの伝統を継承し、詩文学運動を通じ同人相互の左翼意識の昂揚を図ると共に、一般大衆に対する共産主義思想の宣伝煽動を目的とする同人誌「噩神」（愕神即ち観念論粉砕の意）グループを結成し、爾来同年九月頃迄の間機関紙「噩神」を通じて資本主義末期に於けるファシズムの必然性及詩人はこのファシズムの野蛮性を暴露してマルクス・レーニズムの芸術的観察の正当性を強調すべき旨を諷刺したる象徴詩等を掲載して下部メンバーを啓蒙」、こうとらえていた。ならば矢向季子は、要注意人物の下部メンバーとしてマークされていたのであろうか。

何があったのだろう、作品の発表がなくなってから数年後の一九四〇（昭和一五）年三月三日払暁、治安維持法違反容疑で姫路と神戸の詩人十数名は一斉検挙された（神戸詩人事件）。人生の急展開、これほどの払暁、あるのだろうか、それが現実となって青年を襲った。

現在読むことができる最後の作品を収めた『噩神』創刊号の主宰者小林武雄は実刑判決を

受け、昭和一八年まで獄中にいたひとりである。この雑誌は三号（一四四頁書影参照）まで出ているが、二号は未見、三号では、小林武雄と齟齬があったのか、矢向季子と岬絃三は同時に退会している。矢向が信頼を寄せていたとおもわれる岬絃三も神戸詩人事件で検挙起訴されたが、検挙者名簿に矢向季子の名はない。

矢向季子の住んでいた東尻池町二丁目の雰囲気をたどることのできる林喜芳のエセイの一部を収録（一三四〜一三五頁）したが、同じ町の一丁目のわたしの事務所は阪神大震災で全壊した。海に近い土地、夏の近づく頃、事務所を出れば潮の匂い。ゴム工場の糊の臭いとサイレン。だから、矢向季子は隣人、わたしはこうおもっている。地震のことに少し触れる。

破壊の後の事態に手を下したのは、こちらの方ではないのか。事後、犯しの感覚に襲われた。家屋が壊れたとき、あらわになったモノの記憶が白昼に晒される。たとえば、タンスの抽斗のなかの下着。その一部がさらされるとき、不意に凌辱された感覚、内臓が抉られる眩暈に襲われた。はみ出した下着の変色した部分、薄汚れた染みを凝視していると、どこから臓腑に指を差し入れられ、荒々しく掻きまわされる感覚に見舞われた。受動の位置で放置されるモノが示すもの。光そのものの白昼、これまで体験したことのない時間の裂け目に遭遇した。そうか、今ここに隠れているもの、普段は見えないものが裂け目から出現する、そのことが遅れてわかった。モノが引き連れて来る感覚のどこかに、死者は潜む。死者は、わたしたちと地続きのところから生者を視つめている。

死者のほとりを歩む。災厄の直後の印象を矢向季子の住居跡を訪れた記憶に重ねてみた。ある日、東尻池町二丁目界隈をたずねた。不意に自転車に乗る女の子が現れる。一瞬にして姿はない。歪んだアスファルトの裂け目の草。風のゆらぎ。まるで記憶のノートを翻すようだった。読もうと試みるが、頁を繰れない。誰のノートブックなのか。向こうから違う女の子、走って来て通り過ぎる。歩行が夢を呼びこむようだ。

ふとみると大正四年創建の祠（林喜芳一三四頁、写真一五二頁）。祠を囲む無粋なブロック塀。だが明らかに痕跡の気配が漂う。ここだ、ここらに違いないと祠の周辺を歩きまわる。記憶の地図は反応しない。記憶の地形はどこにもなかったからだ。殺風景、誰が何を殺したのか、ブロック塀は無音。夢の風にも、さえずりにも、歩行は感応しない。安心安全、復旧復興を急いだ施策のため、くねっていた小径は拡張、脇道も露地も、草も消えてしまった。同時に、瓦屋根の重なる昭和初期の木造建築は姿を消し、ひとの匂いのない、暮らしの息のない、薄っぺらな街、まさにそこに、わたしたちの生がさらされていることを確認した。

矢向季子住居跡周辺。この光景の裏側に生起するものに促される
柳原一徳撮影

矢向季子とは誰なのか、非常時に身を置く方法を編み出して読むことがたいせつである。すると、母性が踏みにじられる事態がよみがえるではないか。矢向季子の痛苦な時間が迫るではないか。健康な男子は皇軍の兵士となって外地に赴き、従軍記者となった林芙美子らは彼らを追った。文学に目覚めたマイナーなポエット、内地の女性は銃後の女子勤労挺身隊に組みこまれる事態が待ち構えていたこと、現在どうおもい描くことができるか、ここは問われるところだ。

私はあたしから離れよう
ピアノをぬけだすミユウズのやうに
時刻といつしよに地球の外へ滑り落ちる
そして燦めく青い絨氈のなかにゐる

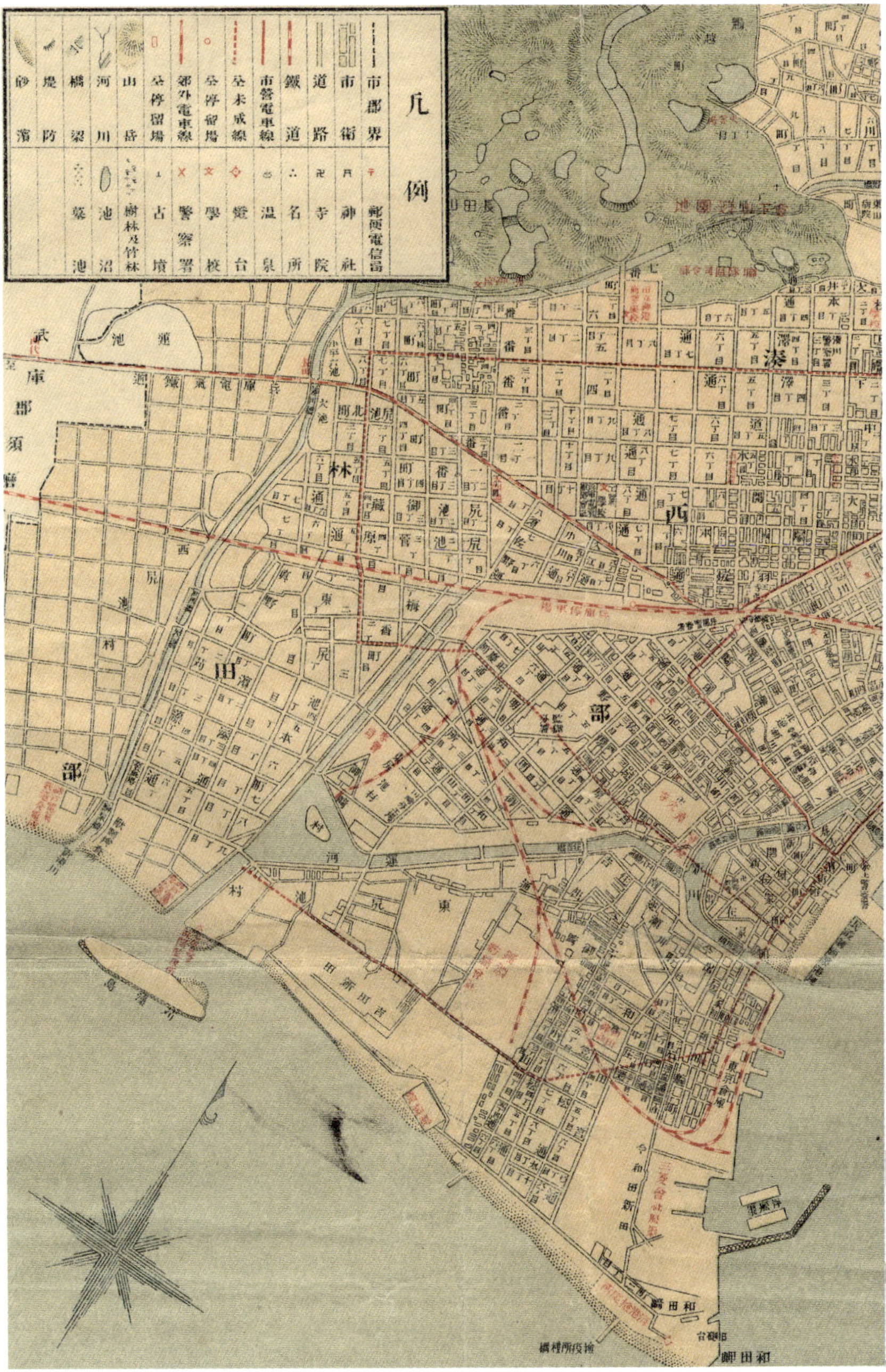


東尻池町２丁目（中央部左寄り）周辺　特別大演習記念地図　大正８年11月11日　神戸新聞附録

あたしの下髪は
蠟のやうに消えるであらうに

作品「青い貝殻」（三八頁）

作品の寡少ではない。書く行為にこめられた精神、その強度をどうくみとるのか。「私はあたしから離れよう」、同時代の詩人はあまりにも能天気過ぎる。恥辱を知らない彼らの不遜なことばへの接し方、たえ難い、ことばを刻みこむ未完の行為こそ詩である。これは矢向季子の叫びである。未知、未完を示し、ぐいと胸をはる矢向季子の矜持は現在なお生きつづけている。

［註］

(1) 矢向季子と対話を重ねる作業、机上に、巖谷國士さんの「瀧口修造論への序」（『シュルレアリスムと芸術』河出書房新社、所収）を置く。日本統治下の台南の詩人「風車詩社」を描いた映画に出会った後からだった。大東和重さんに誘われ、二〇一七年の夏に立命館大学で上映された『日曜日の散歩者』（黄亜歴監督）、衝撃が走った。シュルレアリスムの再考、未知、未完、中断の永遠化、連続性など、学び直した。

＊

学び直したと書いたが、巖谷國士さん編集の『シュルレアリスム』（ユリイカ臨時増刊、一九七六年）に収録された有田忠郎さんの「シュルレアリスムの余白に――ジョー・ブスケをめぐる注釈的考察」に触れないわけにはいかない。論考冒頭は「地方の一小都市に余儀なく釘づけされて生涯を過した人物」とある。矢向季子をとりあげた試みにつながるではないか。鉛筆で線を引いたブスケのことばを引く。「我我がまったく現実の存在ではないということ、もっと正確に言えば、我々がこうして人間の形をまとっているままでは完全な現実存在ではないこと……実在は、我々が自身を忘却する時に我々のもとを訪れる――音楽のように、詩のように」。有田さんはわたしに、詩集はおろかセガレン著作集まで贈ってくださった。今回の試み、学恩に応える一部になればとおもう。

(2)「詩は、幼児であれよ」と叫ぶ藤井貞和さんが一九六〇年代後半からの陰惨な内ゲバを受けとめて綴った「精神の革命、いま絶えず総合の夢――主題小考・瀧口修造論」（『白鯨』五号、一九七四年一二月）も机上にある。セザンヌのサンサシオンを引き、「西欧シュルレアリスムの極限の表現と明晰な思考」で日本の風土に激突した瀧口修造へ迫っていた。論考冒頭の「みじめな詩作のどん底から眼をあげる」、雪中のリンチ粛清、連合赤軍の行き着く果てから立ちあがろうとする藤井さんの気迫に鼓舞された。

(3) 女性詩だが参考文献として以下。総力戦下の女性詩を収録した澤正宏編『日本女性詩集』（不二出版、二〇一四年）、一九三〇年代の女学生に焦点を当てた『女学生とジェンダー』（今井久代、中野貴文、和田博文編、笠間書院、二〇一九年）。「左川ちかを文学史的な意味で、モダニズム詩人として一括りに形容する従来の理解が果たして妥当なのか」というモチーフで現在左川ちかを掘り起こす島田龍（立命館大学人文科学研究所紀要などで）による『女人詩』（方等みゆき主宰）や一九三〇年代石川県のモダニズム詩の研究成果を待ちたい。

(4) 「謝絶」は後の『瀧口修造の詩的実験 1927~1937』（思潮社）に収録の際に「拒絶」に書き直される。瀧口修造「詩と実在」の初出は『詩と詩論』（第一〇冊、一九三一年一月、編集者春山行夫、発行者岡本正一、厚生閣書店)。口絵はマン・レイが撮ったガートルード・スタイン。瀧口修造は西脇順三郎の『超現実主義詩論』(一九二九年一一月、厚生閣書店)の初出誌『三田文学』及び『詩と詩論』の論考の修正と校正をなし、末尾(一三一〜一六八頁)に「ダダよりシュルレアリスムへ」を寄せている。

(5)

埋骨夢　　天野忠

髪の中に堕ちた私の骨
皮膚には骨が立つてゐる
骨には縺れたやうに歯が植はつて
吐く呼吸《いき》が紙を破るやうに裂かれる
光滲の到らない髪の中で歯が骨の柱を
建築してゐる

けだものの家が凛然として　列なりそびえてゐる

(6)　西山克太郎（一九一四〜一九八九）矢向季子と同年、長野市生まれ。一九三四（昭和九）年頃から個人誌『過去』刊行。一九三九（昭和一四）年九月、作品一〇篇の第一詩集『過去』（星林叢書）を刊行したが即日発禁（戦前の出版法では発行五日前迄に検閲のため内務省へ献本届出）。『過去』に不採録の作品五篇を謄写印刷した『詩集過去・補遺』も直ちに押収され、一九四三（昭和一八）年、一連のリアン弾圧により検挙起訴された。後の復刻版『過去』（昭和三九年四月）の末尾に収められた高橋玄一郎の「山中消息」と西山自身が書き記した「過去」出板前後事情、そして、内堀弘が最晩年の西山克太郎に聞き取り取材をした「リアンのこと」（『石神井書林古書在庫カタログ』第一六号、一九八九年二月、特集リアンの時代）は貴重な資料である。なお、詩集『過去』の扉にはランボーの「地獄の季節」のなかの「言葉の錬金術」の末尾がフランス語で掲げられている。小林秀雄訳では「過ぎ去つた事だ。今、俺は美を前にして御辞儀の仕方を心得てゐる。」、二〇一〇年の鈴木創士訳では、「それは過ぎ去った。今日俺は美を讃えることができる。」、非常時の美を巡る西山克太郎のおもいは矢向季子に重なる。

＊

大木惇夫の矢向季子評　『日本詩』一二月新鋭詩人号、一九三四（昭和九）年

矢向季子君の「玲瓏」は、その肉迫するやうな鋭感を買ふが、僕の最も驚嘆したのは「官能の叙曲」だ。かういふ傾向の作品のよしあしは暫く措いてこゝに展開された官能のうづき、悩ましい官能の苦行の呻きは、何と大胆な何と迫真の表白であろう。この作者も立派に、詩人として個性的把握力と表現力を具備してゐる。

＊

大木惇夫（一八九五〜一九七七）は俳人大木あまりの父。戦前は金子光晴と交友。敗戦後は戦争協力詩を書いたことで冷遇されつづけた。壺井繁治とともに、日本興行銀行の事務員だった石垣りん子を見出した一人である（『銀行員の詩集』一九五一年版、全銀連文化部編、非売品）。

＊

山田牙城の矢向季子評　『時計台』第九冊、昭和九年二月

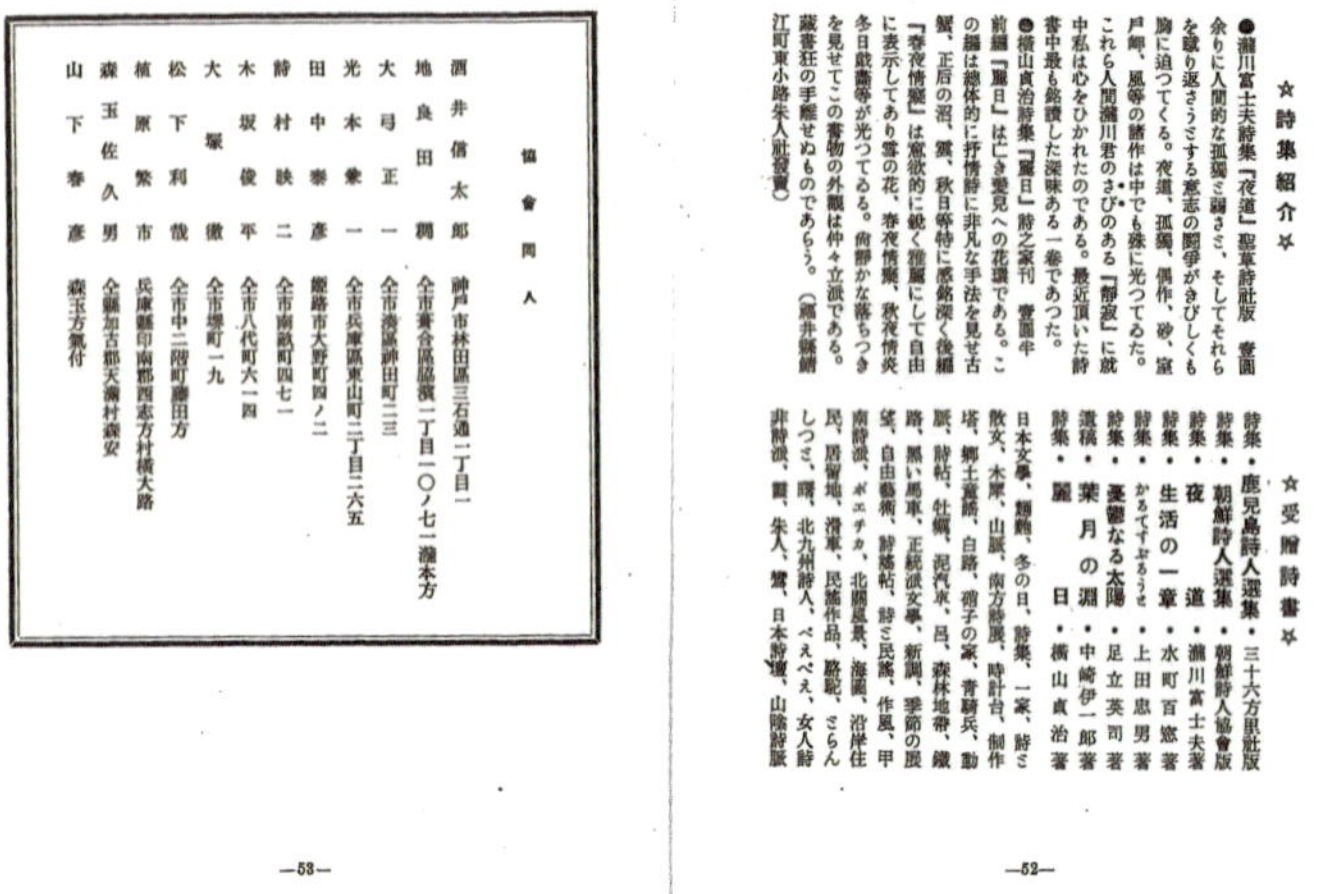

☆詩集紹介☆

●瀧川富士夫詩集『夜道』習草詩社版　壹圓

余りに人間的な孤獨と弱さと、そしてそれらを蹴り返さうとする意志の闘爭がきびしくも胸に迫つてくる。夜道、孤獨、偶作、砂、室戸岬、風等の諸作は中でも殊に光つてゐた。これら人間瀧川君のさびのある「靜寂」に就中私は心をひかれたのである。最近頂いた詩書中最も銘讀した深味ある一卷であつた。

●横山貞治詩集『麗日』詩之家刊　壹圓半

前編「麗日」は亡き愛兒への花環である。この編は總体的に抒情詩に非凡な手法を見せ古蟹、正后の沼、蛍、秋日等特に感銘深く後編「春夜情癡」は意欲的に鋭く雅麗にして自由に表示してあり雪の花、春夜情癡、秋夜情炎多日戯畫等が光つてゐる。南靜かな落ちつきを見せてこの書物の外觀は仲々立派である。藏書狂の手離せぬものであらう。（福井縣鯖江町東小路朱人社發賣）

☆受贈詩書☆

詩集・鹿兒島詩人選集・三十六方里社版
詩集・朝鮮詩人選集・朝鮮詩人協會版
詩集・夜　道・瀧川富士夫著
詩集・生活の一章・水町百窓著
詩集・かるてすおるうせ・上田忠男著
詩集・憂鬱なる太陽・足立英司著
遺稿・葉月の淵・中崎伊一郎著
詩集・麗　日・横山貞治著

日本文學、麵麭、多の日、詩集、一家、詩と散文、木犀、山脈、南方詩展、時計台、創作塔、郷土舞踊、白路、痴子の家、青騎兵、動脈、詩帖、牡蠣、泥汽車、呂、森林地帶、鐵路、黑い馬車、正統派文學、新潮、季節の展望、自由藝術、詩婦帖、詩と民謠、作風、甲南詩派、ポエヂカ、北關風景、海國、沿岸住民、居留地、滑車、民謠作品、路肥、さらんしつさ、暁、北九州詩人、べえべえ、女人詩非詩派、曇、朱人、蟹、日本詩壇、山陰詩脈

—52—

協會同人

酒井信太郎　神戸市林田區三石通二丁目一
地良田稠　全市葺合區脇濱二丁目一〇ノ七一瀧本方
大弓正一　全市湊區神田町二三
光本兼一　全市兵庫區東山町三丁目二六五
田中泰彦　姫路市大野町四ノ二
詩村映二　全市南段町四七一
木坂俊平　全市八代町大一四
大塚徹　全市堺町一九
松下利哉　全市中二階町藤田方
植原繁市　兵庫縣印南郡西志方村横大路
森玉佐久男　全縣加古郡天滿村森安
山下春彦　森玉方氣付

—53—

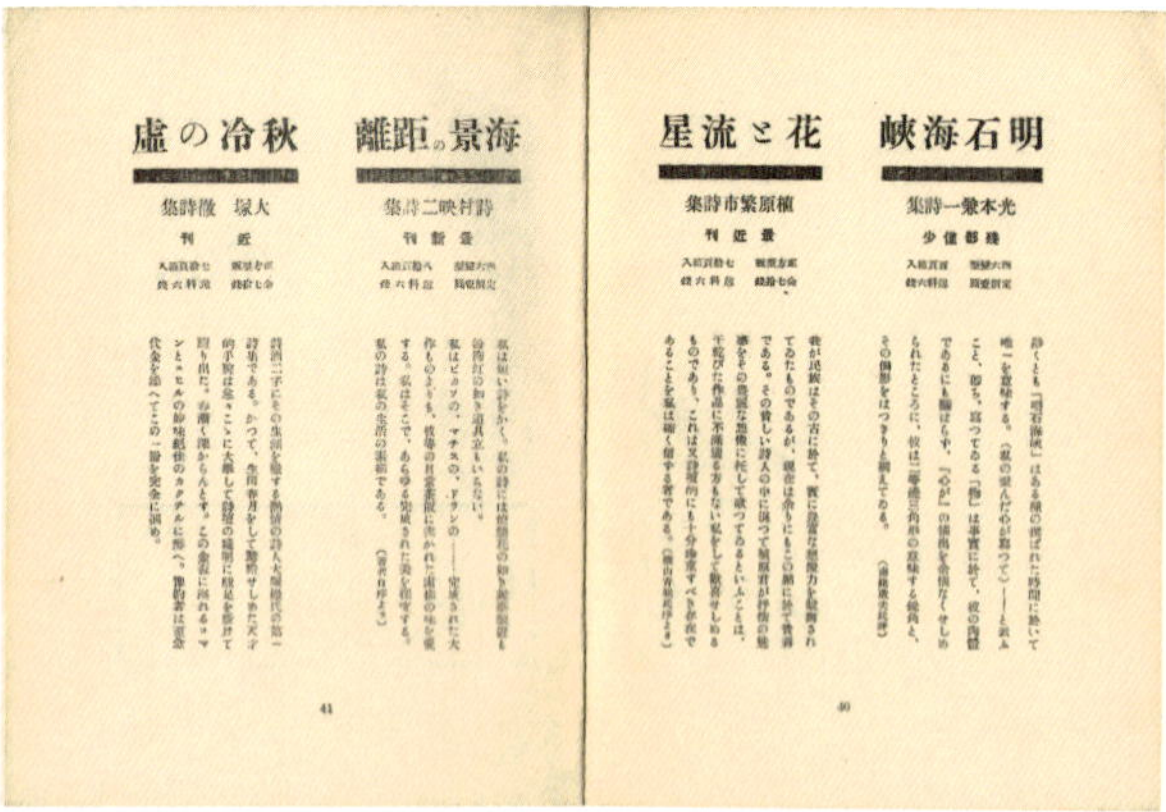

明石海峡
光本兼一詩集
残部僅少

花と流星
植原繁市詩集
最近刊

海景の距離
詩村映二詩集

秋冷の虚
大塚徹詩集
近刊

上　神戸詩人協会名簿　第三次『神戸詩人』14号（昭和８年７月）
下　光本兼一が編集した４冊の詩集広告　第三次『神戸詩人』17号（昭和９年５月）

三篇共に観念の遊戯に堕してゐる。詩は観念ではない。実在する現実の切実なる反映であるべきだ。今少し詩句に注意すべきだ。

＊

山田牙城（一九〇一～八七）は『九州詩壇』（昭和八年創刊）を主宰。同人は『満州詩人』にも関わる古川賢一郎、原田種夫、打和長江ら。詩集に『死と絶望の書』（昭和六年、芸術家協会）、『十二月の歌』（昭和一〇年、アテネ書房）、『愛国歌』（昭和一九年、北九州詩人協会）ほか。

＊

詩は現実の反映とする山田牙城は、光本兼一主宰の第三次『神戸詩人』に寄稿している。観念と現実の狭間に身を置く矢向季子の登場は岬絃三との出会いが大きな要因だったとおもわれるが、岬絃三は第三次ではなく、第四次『神戸詩人』のメンバーである。

光本兼一は矢向季子の作品を読んでいたとおもわれる。矢向の作品「月」「地下鉄の印象」「月夜」の三篇が載る詩集『年輪』の書評、また、同人誌『素描』『時計台』が「受贈誌」として記録されているからである。だが、神戸詩人協会の同人名簿にその名前はない。矢向の尖った意識は光本の清冽な抒情を突き刺したのだろうか。誘ったが、光本は拒絶されたのであろうか。小林武雄の第四次『神戸詩人』が創刊する前に、矢向季子の存在そのものが地上から消えている。

神戸詩人協会の同人名簿（『神戸詩人』一四号、昭和八年七月）を掲げる（一六〇頁図版参照）。

山下春彦（一九一三〜九七）は一九号（昭和九年一〇月）の名簿にはない。脱会したとおもわれる（一七六〜一七八頁参照）。

山下春彦と親交のあった森玉美夫《よしお》（詩作は森玉佐久男を名乗る、一九一〇〜四三）は兵庫県加古郡天満村（現在の稲美町）生まれ。東川崎町の大阪鉄道局神戸倉庫庶務課勤務。東川崎町といえば林喜芳の生まれた場所である。喀血、入退院を繰り返す。第三次『神戸詩人』『詩學』『日本詩壇』などに関わったあと小説に転進、織田作之助に見出され、小説「おふくの家出」が第一五回芥川賞候補作となる。詩、随想、批評、小説を収録した『人形　森玉美雄遺稿集』（関西書院、一九七六年）。『神戸詩人』一三号（昭和八年四月）から引く。

森玉佐久男

朝の口笛

海岸は露にぬれて
朝の微光に澄んで居る。

波は　かるく
白い花を咲かせ――。
風は　ギン〳〵
青い小鳥を追つかける。
朝は消えのこる白い月にまで
水色の清楚さで氾濫して――。

やがて　私の口笛の上に
爽快な朝日が昇つて来る。

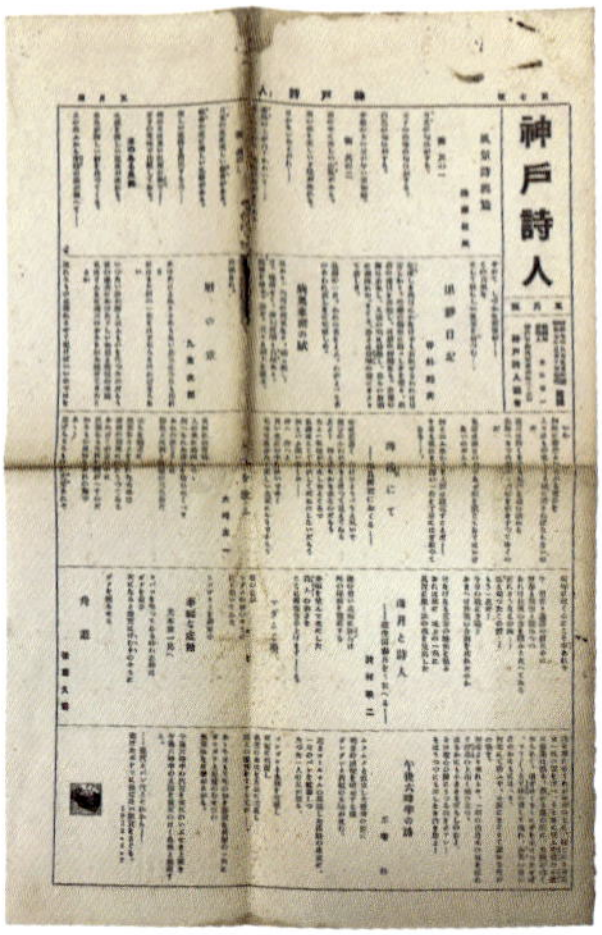


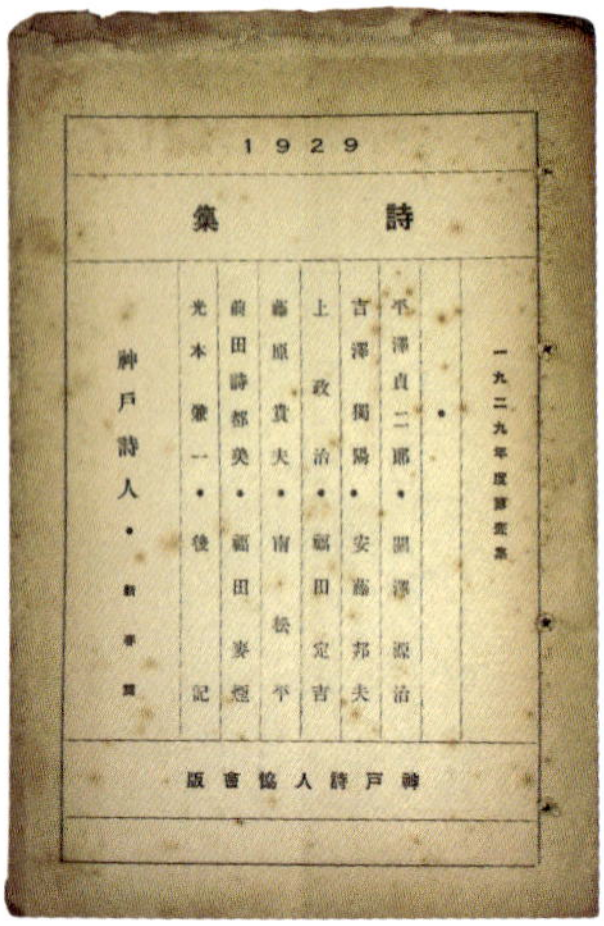


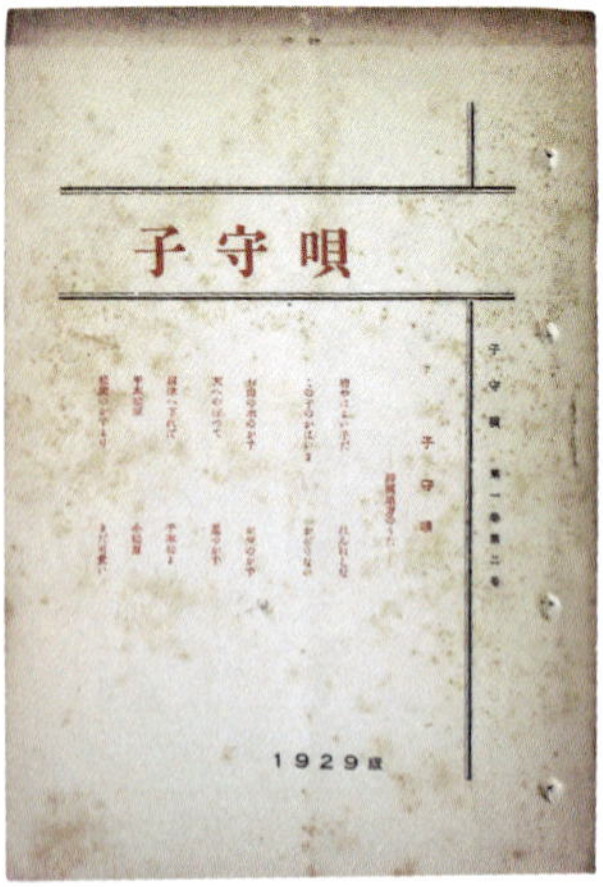


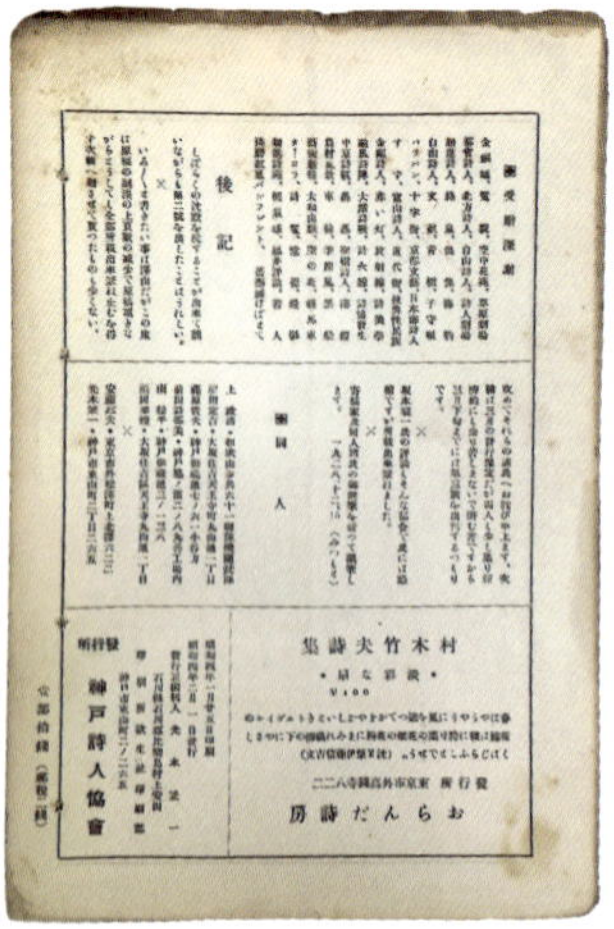

右上・右下　『神戸詩人』新春篇　1929年度第１集（昭和４年２月）発行兼編集人、光本兼一（神戸詩人協会）
左上　第二次『神戸詩人』７号（昭和７年５月）播磨紅風、谷外赳夫、詩村映二、九鬼次郎などが寄稿
左下　『子守唄』第２号（昭和４年３月）発行兼編集人、藤原貴夫　光本兼一、坂本順一、播磨紅風、國井重二らが寄稿

秋

ひいやりと
だが母の愛のやうに静かな
一本の掌《て》。

＊

第三次『神戸詩人』には素朴な友情がながれている。神戸詩人事件は、この素朴を粉微塵にした。山下春彦と森玉佐久男の交友、ふと、「音叉が共鳴し合うように語り合った」というパリ留学時の岡潔と中谷治宇二郎の関係をおもう。「スミレはただスミレのように咲けばよいのであって、そのことが春の野にどのような影響があろうとなかろうと、スミレのあずかり知らないことだ」、数学者岡潔のことばである。

＊

神戸詩人事件のいわば前史である光本兼一の編集した『神戸詩人』について触れる。

創刊日だが、志賀英夫の『戦前の詩誌・半世紀の年譜』(詩画工房、二〇〇二年、九七頁)によれば、一九二八(昭和三)年七月、書影も掲載されている。ところが、佃留雄の『暗い谷間のころ』(培養社、一九八三年、一二頁)では昭和五年とある。以下、佃留雄の説。第一次は謄写版印刷で六号まで。第二次は昭和六年五月にタブロイド判二頁の活版印刷で刊行された七号から一二号まで。途中、タブロイド判をA5判に改めている。第三次は一九三三(昭和八)年四月刊行の一三号から一九号まで、途中季刊に改めている。昭和九年一〇月に一九号刊行後、光本兼一は一一月に急逝。昭和一〇年二月の二〇号は小林武雄が追悼号として編集し第三次を終えた。

「加古川秋景」などの忘れがたい作品をのこした国井重二(『ばく』創刊号、所収)によれば、昭和三年七月、光本兼一は『金剛詩人』(奈良県宇智郡牧野村中之)を出していた奈良の石井信夫と『神戸詩人』を創刊したが長く続かず、昭和五年に『子守唄』を改題し『神戸詩人』を刊行した、とある(一三二頁参照)。

＊

矢向季子の「地下鉄の印象」だが、大阪の地下鉄開通は一九三三(昭和八)年五月である。

# 隼橋登美子のこと——神戸詩人事件について

## 一　はじめに

隼橋登美子（生年不詳〜一九四〇）は二歳の長女を背負い毎日、まな板に向かった。炊事場は生かされる場所であった。夫は治安維持法違反により懲役二年の実刑を受け、家にはいない。身ごもっていたので、任意出頭の取り調べを受けるのはつらい時間であった。しかし、凛とした姿勢で向かった。[1]

ところが、差し入れ弁当をつくっていた夏、突如切迫流産、出血多量で命は絶たれた。いきなり、生かされる場所からひき離された。八月一七日、あっという間にふたりのいのちが途絶えた。弁当は獄舎の夫の小林武雄へ届けるためであった。小林武雄は編笠をかぶされ、縄で捕縛された姿で葬儀に現れ号泣、獄に戻ってから、嗚咽の日々を強いられた。一九四〇（昭和一五）年三月三日払暁に起こった不当な弾圧である。すめらぎのもと、聖戦遂行の指令

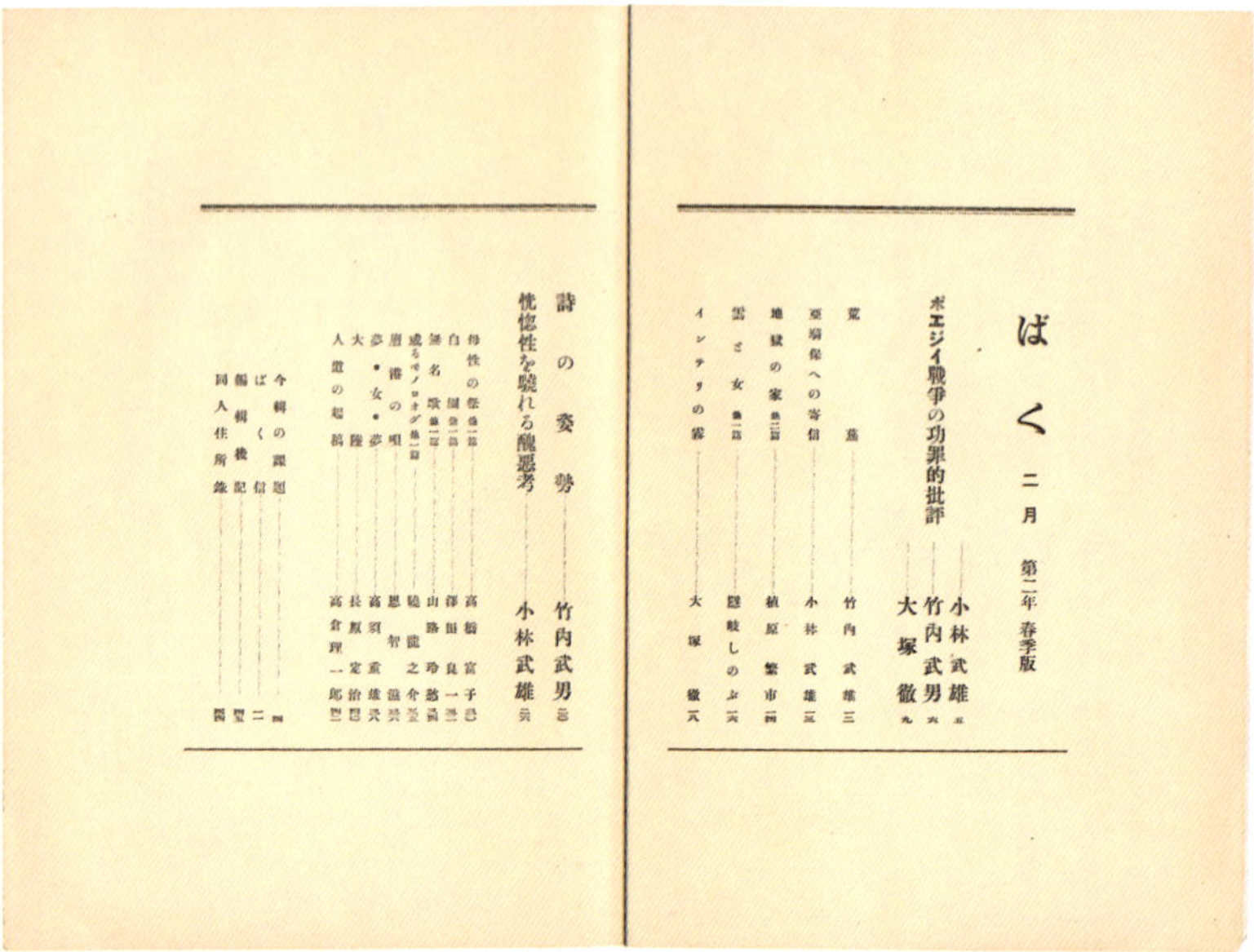

ばく

二月 第二年 春季版

上　第二次『ばく』４号（昭和11年２月）目次　編集兼発行人、岸本正二
右　第二次『ばく』４号　表紙
左　第二次『ばく』創刊号（昭和10年２月）編集大塚徹（姫路市堺町十九猩々荘）

は列島の津々浦々まで行き渡っていた。

以上は七九年前の神戸詩人事件のひとこまだが、現在である。凛とした隼橋登美子を想い起す、今一度記憶に刻印する、本テクスト上梓の理由のひとつである。

すさまじいものが
自分の本心であつたと
血の色に疲れ
処女の花洋燈《ランプ》を
危ふく灯して
愛情の径を後戻る

作品「手紙」（五五頁）

「すさまじいもの[2]」、非常時をおもうと、この激語、容易には使えない。だが凛とした姿として立ち昇っているではないか。この声こそ母性の逆りである。聖戦が強いる良妻賢母の理念、出征（入獄）した夫の留守の家を守れという帝国に対するあらがいである。詩人隼橋登美子は自らの「すさまじいもの」を抉り、「匂ふやうな消えるやうなとあるはかないりずむ」（「眠《ねむ》れる言葉氓れるまゝに」）へ向かう途上で世を去った。まさに蹂躪、母性は葬られた。現在読むことのできる作品はわずか八篇、すべて原石である。

最も早い時期の作品「母性の祭」と「ゆめ青き憧憬《あこがれ》」は、姫路の大塚徹編集の同人誌『ばく』四号、一九三六（昭和一一）年に発表された。矢向季子の筆が途絶えた翌年である。

内務省警保局編「社会運動の状況（昭和十五年度）」は『ばく』を次のように規定している。なおこの資料は姫路や神戸の詩人の文化活動を弾圧する目的で作成され、特別高等警察の尾行は一九三八（昭和一三）年頃から執拗になった。だが敗戦時、ほとんどが焼却処分（資料管理に関する日本の隠蔽体質は現在とまったく同じである）を受けた。「社会運動の状況」は、東京大学の大河内一男らが奇跡的に残った一部を岐阜県在住の元特高警察関係の人から入手、復刻したものである。

昭和十年三月仮出獄の恩典に浴し、大阪刑務所を出所せる元党員竹内武男は依然として実践の意欲を棄てず、同志大塚徹より日本フアシズムの急激なる進出に依る左翼陣営の壊滅状況等入所中の客観情勢の変化を聞かさるゝに及び、残されたる唯一の場面たるプロレタリア文化運動を通じてマルクス・レーニズムの実践を決意し、昭和十年三月大塚徹の主宰する同人雑誌「ばく」に加盟し、編輯方針を「ブルジョア・リアリズムの誤謬を指摘しプロレタリア・リアリズムの正常性を高調する作品を掲載することに依り、詩文学運動を通じ共産主義の宣伝を図ること」に決定し、爾来同十一年六月頃迄此の方針に基きて機関紙「ばく」を発行（略）

『ばく』には一九三一（昭和六）年の八・二六事件（翌月に満州事変勃発）で検挙起訴され、実刑五年の判決を受けて大阪刑務所で服役、病のため仮出所していた日本共産党員の竹内武男が関わっていた。この竹内だが、マルクスやレーニンと並行してマラルメやヴァレリーを読み、詩と批評の場の創出を志向、会合ではおだやかな論議に終始していたという。彼こそ筋金入りの草の根のコミュニストであり、それゆえに権力は徹底して追いつめ追いあげ、敗戦の日まで獄に封じこめてしまった。

『ばく』同人の詩の傾向は多岐に渡り、西脇順三郎や春山行夫らのシュルレアリスムに関心を寄せるもの、民謡や童謡にひかれるもの、ただ詩に向かいあいたいと願う青年らが混在していた。

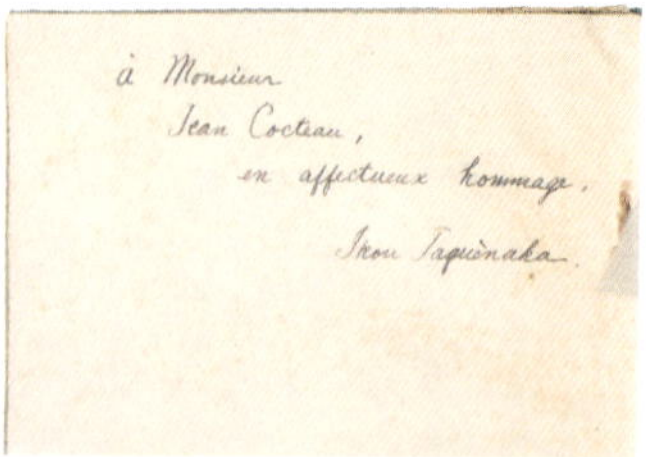


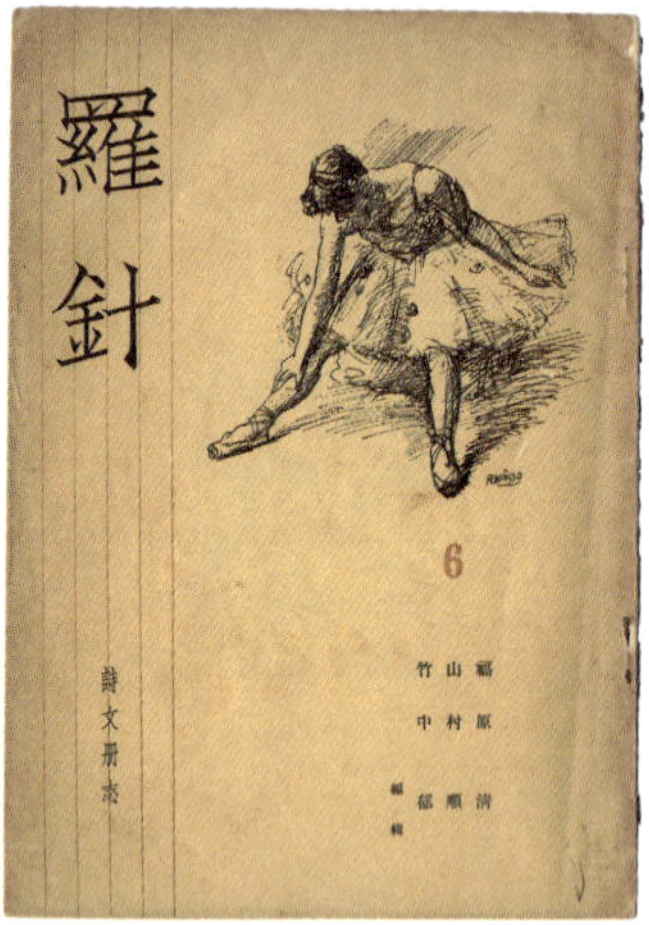


上　『黄蜂と花粉』海港詩人倶楽部　大正15年２月　ジャン・コクトー宛の竹中郁自筆サイン
下　第二次『羅針』第２巻１号（昭和10年２月）表紙、小磯良平

［註］

(1)　隼橋登美子の住所は姫路市上久長町《かみきゅうちょうまち》（現在は五軒邸）四八ノ一。

(2)　矢向季子の孤独にとって「すさまじいもの」は、恥ずべきものとしてあった。しかし、含羞は憤怒である。藤田文江の詩集『夜の聲』から、矢向は敢然と、作品「若葉の頃」をとりあげて称揚する（一一二〜一一四頁）。藤田文江の孤独は、聖戦遂行という街の狂騒に囲繞されても覚醒していたからだ。

街の騒音が私をかすかに愉快にした。

それは号号と絶え間なく私の耳底をどうどう廻りする音響と類似した親しさをもつてゐた。

まるで莫兒比涅《モルヒネ》をさした様な快感であつた。

私は亜、亜、亜、亜と唖の様なはづかしい声を立てゝゐた。　「若葉の頃」


初出は高岡市の方等みゆき主宰の『女人詩』第七号（一九三二年七月）。原題は「青葉の頃」。

## 二　前史

一九三〇（昭和五）年二月、竹中郁は、金子光晴と入れかわるようにパリから帰国した。[1] 竹中郁の近代的ウィットはジャン・コクトーよりもすぐれていると西脇順三郎にいわしめたほどだから、帰国はヨーロッパの新しい詩精神、レスプリ・ヌーボーをまとった凱旋、歓待されたであろう。しかしあえて、こうおもう。郷里神戸の土を踏みしめた竹中郁に、なんらかのやましさ、戻ったことの苦痛はなかったのかと。[2]

足立巻一によれば、一九八二（昭和五七）年、死の床の竹中郁の顔はゆがみ、自らの初期作品を否定、全詩集はいらない、『動物磁気』と『ポルカ　マズルカ』の二冊あればいいと、今にも泣きだしそうな声を絞ったという。敗戦後、児童雑誌『きりん』に積極的に関わり、良寛のように、児童の無垢な詩心に寄りそいつづけてきた竹中郁に、どのようなことがあったのだろうか。[3]

戦争末期の神戸空襲により、蔵書は灰塵に帰していたが、同時に、何かが決定的に焼尽したのではないのか。痛苦な喪失、総力戦を通過することによるモダニズムの挫折を確認したのではないのか。

約二年の竹中郁のヨーロッパ滞在。その間、東洋の小国である皇国日本は、「明治以来背伸びして、近代的植民地争奪」（大岡昇平「死の谷」『レイテ戦記』）に邁進、その結果、国内では深刻な問題が山積みになっていた。一九二九（昭和四）年一〇月二九日、ニューヨークのウォール街で起こった株価大暴落、恐慌の波は列島にもおし寄せ、失業率上昇、「大学は出たけれど」就職先が見つからない不況のただなかにあった。そのため、労働争議は多発、プロレタリア運動への弾圧がつづいた。一方、中国大陸では関東軍による軍事工作が進み、総力戦の、まさに悲劇の序曲が奏でられていたからである。[4]

一九三〇年代初頭の神戸には、一九二〇年代のアヴァンギャルド思潮は表舞台から消失していた。アナキズムも、村山知義ら『マヴォ』グループの構成主義もダダも姿を消していた。そして消滅したあとを埋めるように、シュルレアリスムがおしよせ、不安に脅える青年をとらえていた。竹中郁は、このような空白のただなかに帰ってきたのである。[5]

［註］

(1) 金子光晴は昭和五（一九三〇）年一月にパリ到着（パリ滞在は翌年一月まで）。前年の一一月にパリに着いていた妻の三千代と合流。当時のパリは第二次世界大戦勃発前、ニューヨーク・ウォール街発の世界恐慌が侵入、「みたことのなかったようなはかなさ」があふれていた。金子光晴の旅は、希望にあふれた竹中郁とは真逆のものであった。土方定一と三千代の不倫事件以後、決定的な亀裂の入った夫婦関係の修復を目指した、食うや食わず、「男娼以外のことは何でもやった」という絶望的な放浪であった。ちなみに金子の哲学は「かへらないことが最善」。

(2) 文学者の外遊はその後の生き方を変更させるほどの決定的影響を与え、「無傷で帰ってきた文学者は優れているほど皆無に近かった」、これは吉本隆明の横光利一論のなかの一節である（『悲劇の解読』ちくま文庫）。

(3) 光本兼一編集の第三次『神戸詩人』に関わった山下春彦（一九一三〜九七）の敗戦後も、竹中郁につながるのではないだろうか。作品の底に深い喪失、生き残った贖罪感が漂っている。この詩人のことは、同人誌『アリゼ』を主宰する以倉紘平が『気まぐれなペン』（編集工房ノア、二〇一八年七月）で、若松英輔が『詩を書くってどんなこと？』（平凡社、二〇一九年三月）でとりあげ、つづいて、山本善行と清水裕也の対談本『漱石全集を買った日』（夏葉社、二〇一九年四月）で若い清水裕也がピックアップしている。

山下春彦はジャック・リヴィエールやアンドレ・ブルトンを読み、鳥羽茂の編集する『MADAME BLANCHE』『詩學』、他に第三次『神戸詩人』や『手套』（呼鈴詩社）に関わっていたが、二四歳のときに家業の醤油の醸造業を引き継ぐため詩作を断念、半世紀以上の沈黙の後に八〇歳で詩作を再開、八二歳で第一詩集『誰もいない』（土曜美術社出版販売、一九九五年、帯文、杉山平一）を上梓したが、初期の作品は収録されていない。光本兼一を悼む随想（『ばく』創刊号、昭和一〇年二月）に、「可能性をもつものが可能を遂行するのは実は何でもない。たゞ到達しようとする道程の困難さだけが美と崇高をもつて人間の偉大さを思はせる」、こう書かれている。おそらく本棚には、カントの著作も並んでいたのだろう。

第三次『神戸詩人』（第一七号、昭和九年五月）の作品「西方の歴程」を引く。

夜のない顔を東に向けて　ふと片手をあげた見なれぬ人よ
（もはやその時刻は来てゐたのだ……）
何気なく見かへれば　はたして　それらの星は見えない空に瞬いてゐた
（ああわれら　いつの日にか　都にかへり着かば……）
望楼に立つ人の袂には　すでに　深い秋のひゞきがあつた。

つづいて、『MADAME BLANCHE』第一七号（ボン書店、昭和九年八月）の「禁断」を引く。

去つてゐるとも知らなかつたやうに
忍び入るとき　また失くしたのか

まだ隠しはしなかつたのに
ああ　ふれたこともなく溜息は洩れた

(4)　一九二八（昭和三）年一〇月、東京から派遣された久板栄二郎により全日本無産者芸術連盟（略称ナップ）の神戸支部が西灘で結成。そこに加わった西村欣二（生年不詳、関西学院大学中退、日本共産党入党、田中清玄の武装闘争に共鳴、昭和五年検挙されたその日に拷問を受け死去）、米沢哲（生年不詳、関西学院大学哲学科中退、戦旗社に入り活動するが精神科へ入院、死亡）、山田初男（生年不詳、一九二九年カルモチン自殺）らは同人誌『木曜嶋』（昭和二年、雑誌命名者は竹中郁、のちに『木曜島』に変更）を創刊、やがて木曜島発禁事件（昭和三年）。

(5) アンドレ・ブルトンらのシュルレアリスム宣言は北川冬彦により『詩と詩論』（第四冊、昭和四年）に訳載されたが、当時の青年がその精神をどれほど深く解読できたか疑わしいと「超現実主義詩論の展開」（『超現実と抒情』晶文社）で大岡信は書きとめている。渋沢孝輔によれば、シュルレアリスムを初めて日本に紹介したのは西脇順三郎、本質的な影響を受け、生涯にわたってそれを実践したのは瀧口修造ただ一人とされる（「シュルレアリスムと日本の詩」『現代詩手帖』一九九五年一月号）。

## 三　一九三〇年代の同人誌

パリから戻った竹中郁が第二次『羅針』を創刊、第四次『神戸詩人』が終焉するまで、元号でいえば昭和五年から十四年までの時間だが、そこには前章で述べたように、一九二〇年代のアヴァンギャルド思潮が伏流水となって潜んでいる。[1]

当時の神戸の詩のグループは二つに分かれていた。一つは、竹中郁や福原清ら海港詩人倶楽部の『羅針』グループ。いま一つは、同じ海港都市にありながら社会の底辺層に属し、シュルレアリスムに影響されたとはいえ、基本的にはルサンチマンをたぎらせ、戦争に傾斜する国家権力と結果的に衝突せざるを得なかった第四次『神戸詩人』の小林武雄、竹内武男、亜騎保、岬絃三らである。[2]

太宰治のとらえる一九三〇年代をみてみる。[3]

はたちになるやならずの頃に、既に私たちの殆んど全部が、れいの階級闘争に参加し、或る者は投獄され、或る者は学校を追はれ、或る者は自殺した。東京に出てみると、ネオンの森である。曰く、フネノフネ。曰く、クロネコ。曰く、美人座。何が何やら、あの頃の銀座、新宿のまあ賑ひ。絶望の乱舞である。遊ばなければ損だとばかりに眼つきをかへて酒をくらつてゐる。つづいて満州事変。五・一五だの、二・二六だの、何の面白くもないやうな事ばかり起つて、いよいよ支那事変になり、私たちの年頃の者は皆戦争に行かなければならなくなった。

小林武雄らにより一九三七（昭和一二）年三月に第四次として再編集された『神戸詩人』は一九三九（昭和一四）年一一月刊行の五号が最終号となった。この時点で、神戸における詩の同人誌活動はほぼ終焉している。小林武雄らが不当に弾圧された神戸詩人事件の一二年前の一九二八（昭和三）年、佐伯祐三が客死したパリを目指す竹中郁が神戸港を出たその日も弾圧があった。コミュニストが一網打尽にされた三・一五事件である。[4]
竹中郁帰国の翌年も弾圧があった。一九三一（昭和六）年八月二六日、姫路の竹内武男、小林武雄、大塚徹らは日本共産党員だった椎名麟三と共に検挙された。そして九月、満州事変が勃発した。ちなみに、プロレタリア芸術が壊滅するのは一九三二（昭和七）年である。[5]
さて、レスプリ・ヌーボーといえば、一九二八（昭和三）年九月に創刊（編集兼発行者岡本正一、実質編集者は春山行夫）された『詩と詩論』（全一四冊、厚生閣書店）をあげることができるが、当事旧制高校生だった杉山平一は次のように述懐している。

『詩と詩論』は、私を芸術に目覚めさせてくれた精神の故郷だった。（原文改行）旧制の高校に入ったのが昭和六年だったが、はじめて家郷を離れた寂しさに映画を見るうち、映画モンタージュ論などの興味を持ち出していた。そのころ、店頭で、『詩と詩論』改題の『文学』（4）という本を見つけたのだった。（原文改行）若者にとって新しいということは、何よりの魅力である。機械芸術としての映画もその一つだが、その表紙カバーの黄色と紫を組み合わせた古賀春江のシュールレアリズムの絵がまぶしいようだった。二円を投じて買い求めた。今でいえば四千円位の値段である。[6]

「新しい」ということ、そして、古賀春江のまぶしい絵画、シネマ。萩原朔太郎や室生犀星らを過去の感傷主義として批判、新しいポエジイの樹立を目指した波動が青年におし寄せていたことを杉山平一は書きとめている。だが一方、江藤淳によればモダニズムと左翼は同根とされ、野口冨士男や舟橋聖一はモダニズムを侮蔑として受けとめていた。慶応義塾大学に通う竹中久七はコミュニズムとシュルレアリスムの統合を目指し、春山行夫は手ぬるいとおもっていた。

満州事変勃発から約十年間、詩の同人誌の刊行は燎原の火のごとく拡がり、神戸の青年も、九州や四国、長野、富山、新潟らの文学運動とつながっていった。[7]

彼らはどのようにつながっていったのか。『愛誦』『若草』『令女界』『蠟人形』『文藝汎論』などの投稿欄や読者通信欄から文通が始まり、同人雑誌の交換、また、『詩人年鑑』(アルス社)の住所録等から交流が始まったとおもわれるが、レスプリ・ヌーボーの伝播する姿はどのようなものであったか。[8]

以下は石神井書林の内堀弘からうかがったことだが、たとえば、当時の岡山では、丸善の社員が富山の薬売りのように旅行かばんを抱え出張販売、かばんの中身は輸入されたばかりのバウ・ハウスの文献やマン・レイの写真集、クレーの画集などであったという。このようにモダニズム思潮は、文学に胸焦がす地方の若きアヴァンギャルドの身近なところまで浸透していたのである。

神戸や姫路も事情は同じで、亜騎保（兵庫区羽坂通）、佃留雄（葺合区二ノ宮）、詩村映二（姫路市千代田町）、広田善緒（神戸市葺合区）、静文夫（灘区原田）、芦塚孝四（兵庫県赤穂郡）、浜名与志春（尼崎市）らは横断的な同人誌活動を展開していた。北園克衛の「アルクイユのクラブ」に佃留雄や静文夫、当時の湊東区在住の大前登與三の名前がある。『OPERA』を主宰する静文夫は『青空』『甲南詩派』、そして『闘鶏』（兵庫県武庫郡）に左川ちかや近藤東らとともに寄稿、また亀山勝（須磨区上堀内町）主宰の『内部』『風神』は竹中郁や村野四郎らに声をかけている。佃留雄は北園克衛の『VOU』創刊号（昭和一〇年七月）から四号に寄稿、亜騎保は百田宗治編集の第三次『椎の木』に、上田保編集の『新領土』には打浪重信、亜騎保、芦塚孝四、広田善緒、冬澤弦らが関わった。

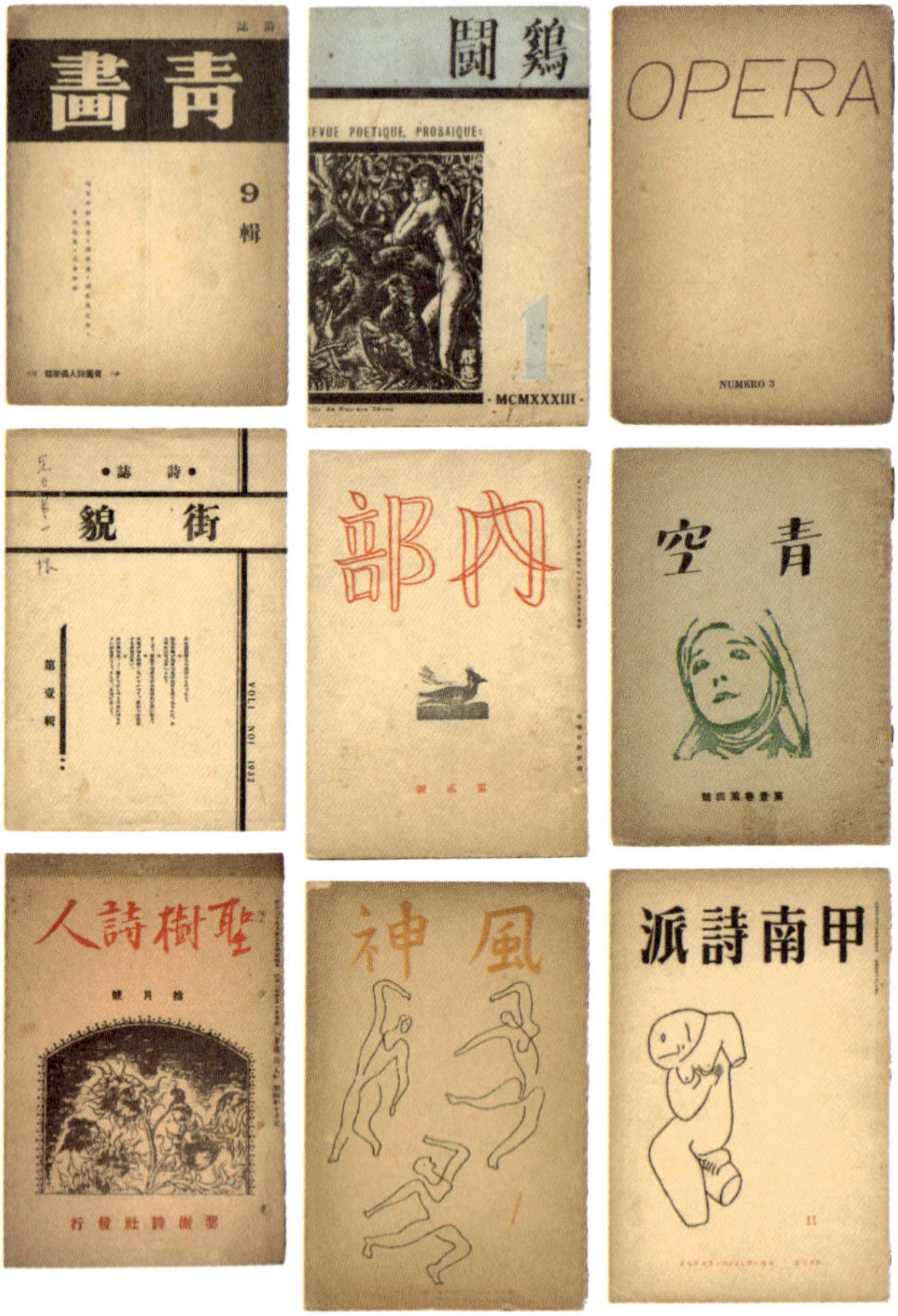

右上　『OPERA』 3号（昭和10年5月）編集静文夫　三浦照子提供
右中　『青空』 4号（昭和9年8月）編集天野勝（神戸市林田区宮川町）
右下　『甲南詩派』11号（昭和8年6月）編集大前豊造（神戸市湊東区仲町通）
中上　『闘鶏』創刊号（昭和8年4月）編集石田三智雄（兵庫県武庫郡良元村仁川）
中中　『内部』 2号（昭和9年1月）編集亀山勝（神戸市須磨区上堀内町四七）

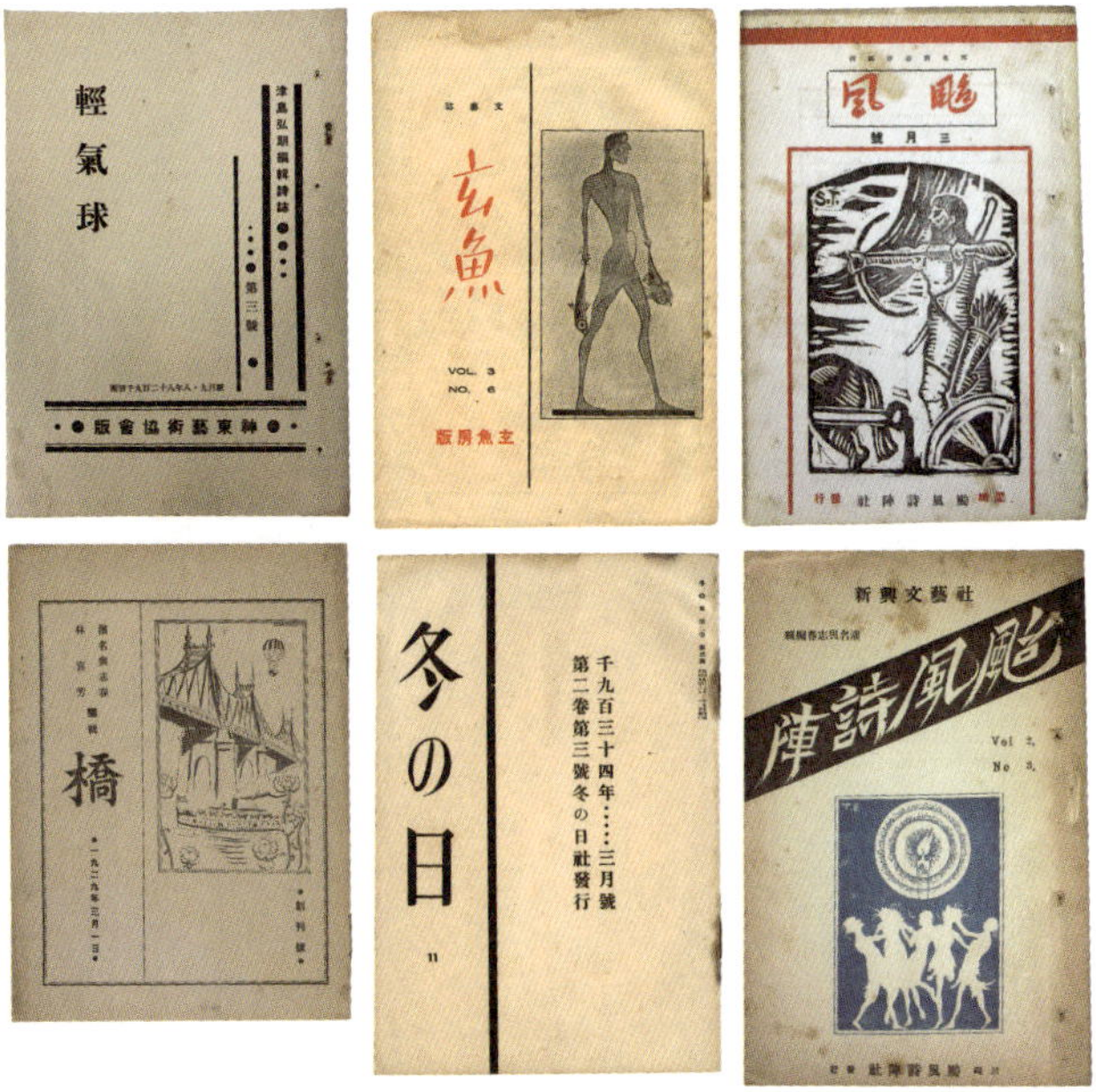


前頁中下　『風神』創刊号（昭和９年４月）編集亀山勝（神戸市須磨区上堀内町四七）三浦照子提供
前頁左上　『青書』９号（昭和10年４月）編集塩谷安郎（神戸市外御影町榎本1311）
前頁左中　『街貌』創刊号（昭和７年７月）編集平田精二（姫路市忍町536）
前頁左下　『聖樹詩人』第４年10月号（昭和２年10月）編集兼発行人、吉沢舛男（兵庫県芦屋開森178）鳥羽茂、坂本順一、浜名与志春らが寄稿
右上　『颱風』３月号（昭和３年３月）編集兼発行人、浜名義治
右下　『颱風詩陣』（装甲車、改題）第２年第３号（昭和３年６月）編集兼発行人、浜名義治（尼崎市東長州南畑32）坂本順一、能登秀夫、及川英雄らが寄稿
中上　『玄魚』６号（昭和２年８月）編集甲斐勝郎（神戸市北長狭通５丁目36）
中下　『冬の日』第２巻第３号（昭和９年３月）編集杉江重英（東京杉並区高円寺６-729）
左上　『軽気球』第３号（昭和３年９月）編集兼発行人、津島隆一（兵庫県武庫郡瓦木村高木、神東芸術協会）
左下　『橋』創刊号（昭和４年３月）編集浜名義治

ここで、隼橋登美子らと姫路の同人誌『ばく』に関わった大塚徹について少し触れる。一九二九（昭和四）年に『愛誦』に投稿、西條八十の選で「北海の蟹」が特選になる。当時は民謡歌謡時代で、書く民謡、歌う民謡論議が盛んであった。詩人は投書家と東京の同人誌に加わる二つのグループに大別。大塚徹、植原繁市、八木好美、多木伸、小林武雄らは『蠟人形』『愛誦』『若草』『むらさき』などに投稿した。大塚は昭和五年に木坂俊平と編集していた民謡誌第一次『貘』を解消し、竹内武男の『黒点』と合流、『風と雑艸』『街貌』の創刊に関わった。

民謡歌謡時代について、筒井清忠の『西條八十』（中公文庫）の次の提起が参考になる。「従来の多くの近代日本詩史に、昭和三年は春山行夫の『詩と詩論』が発刊されモダニズム、シュールレアリスムの運動がはじまった年とのみ記載しているのは一つの巨大な錯誤であろう。雨情らの新民謡運動が日本においてはブルトンらのシュールレアリスムにいわば「対峙」し、強い民衆的基礎をもって存在していたことも忘れられてはならない」。

ほかの詩人にも触れてみる。広田善緒は池田克己らと『詩行動』に、芦塚孝四は『LUNA』（昭和一二年）『新領土』（昭和一三年）『ル・バル』（昭和一三年）に[9]、小林武雄と岬絃三は杉江重英の『冬の日』に、詩村映二は鳥羽茂編集の『レスプリ・ヌウボオ』第一冊（昭和九年）から第三冊（昭和一〇年）に、塩谷安郎と佃留雄は第二冊（昭和九年）に寄稿した。一九三〇（昭和五）年に紀伊國屋書店から創刊された『L'ESPRIT NOUVEAU』を編集した北園克衛は浜名与志春、林喜芳らの『魔貌』創刊号の表紙絵を描いている。ボン書店の鳥羽茂らの『點景』に北村栄太郎が関わり、芦屋の吉沢独陽編集『聖樹詩人』（第四年一〇月号、昭和二年）に鳥羽茂が寄稿。

浜名与志春は『愛誦』『緑窓』『裸』『橋』『表現詩人』『装甲車』『椎の木』『四季』『苑』『茉莉花』『颱風』『颱風詩陣』『魔貌』『軽気球』『L'ESPRIT NOUVEAU』『青書』『弾道』『木欒』『大阪詩人』『純粋詩』『玄魚』『聖樹詩人』『セレニテ』『龍騎兵』『露』『純粋詩』『雀』第四次『神戸詩人』などに、縦横無尽に関わった。浜名の訳詩集『ボヘミヤ歌』（昭森社、昭和一二年）に中原中也から「一度、東京へいらつしゃい。ボヘミヤ歌の内容については理屈ぬきで敬服した」という私信が届いている。

［註］

(1) 以下、神戸の一九二〇年代のアヴァンギャルド思潮をピックアップする。まず、竹中郁と福原清による三宮神社境内のカフェー・ガス（アナキストや詩人の溜まり場）でのギョーム・アポリネールの六年忌追悼詩画展（一九二四年一一月、一四一頁参照）。稲垣足穂、石野重道、近藤正治、高木春夫、平岩混児らの『ゲエ・ギムギガム・プルルル・ギムゲム』創刊（一九二四年）。『横顔』創刊（関西学院文学部、一九二四年）の受川三九郎。賀川豊彦と葺合区新川のほとりで貧民の救済活動に携わりながら詩作をつづけた井上増吉。萩原恭次郎『死刑宣告』の出版記念会を企画したマヴォ関西支部の牧壽雄。笠原勉や宇治木一郎らの黒闘社、安谷寛一らの神戸ロンダ組、黒刷社の和田信義（詩集『蹴らない馬』）、小野十三郎らに呼びかけた近藤茂雄の『少数者《ラ・ミノリテ》』らアナキストの活動。

(2)　君本昌久らの『蜘蛛』三号（昭和三六年一一月、二六～四〇頁）に安水稔和による「七人の詩人たち」というインタビューがある。以下部分引用。

小林武雄「亜騎（保）なんかは貧乏人の子ですわ。ところが関学系統ちゅうやつはみんなええとの子ですわ。あの亀山（勝）にしたって福原（清）にしたって竹中（郁）にしたってね、衣巻（省三）にしたってみなええとこの子ですわ。生活に困って自分たちがやっとるいう人はおらんわけです。ぼくたちはそういう点では勉強してないでしょう。あの、精々中学校どまりで高等学校へ行っとるやつはおらなかった。だからそういうどういうのか勉強のできてないやつが、たまたま「詩と詩論」読んだり、いろんな二十世紀文学運動やへったくれや英国の文学なんか読んでると、シモンズやなんか読んで啓蒙されたわけや。その一方で非常に哲学がすごかったんですわ。これは神戸詩人事件のとき判事や検事もびっくりしとったんやけど、大体一日に三冊位あげよったわけやね、当時ぼくたちがやっとったんは丁度実存主義が入ってきよって。竹中さんとかああいう人はどこまでいったってぼくらとはつきあいしてもらえんいうことが、たとえば神戸詩人結成の折でもどうしてもついてきてくれない。」

＊引用者が括弧のなかに名前を入れた。

足立巻一の発言も興味深い。

「戦争がはじまるかなり前から、わたしは仲間の少年たちと詩の同人雑誌を作っていた。その少年たちはだれも貧しく、何かにつけて不幸だった。それだけに、金持ちの苦労知らずでヨーロッパに遊んだりした竹中に、いくらかの嫉妬と敵意とを持っていた。」（『評伝竹中郁――その青春と詩の出発』一五～一六頁、理論社、一九八六年九月）

(3)「十五年間」（『文化展望』昭和二一年四月号）。

(4) 第三次『神戸詩人』を編集していた光本兼一は一九三四（昭和九）年一一月に二四歳で死去。翌年二月の「故光本兼一追悼号」が第三次の最終号（二〇号）となる（一六六頁参照）。

(5) 小林武雄と姫路中学の同級だった椎名麟三（本名、大坪昇）は一斉検挙直前に東京へ逃れるが、高輪署で逮捕され神戸へ護送、未決の独房内で転向上申書を提出した。

(6) 杉山平一「『詩と詩論』の思い出」（『都市モダニズムの奔流』翰林書房、二七一頁）。

(7) 『リアン』に拠った長野の高橋玄一郎や西山克太郎、竹中久七。新潟のアヴァンギャルド詩誌『新年』（大正一五年創刊）の市島三千雄、寒河江眞之助、八木末雄、新島節ら（齋藤健一、鈴木良一らによる詩誌「新年」復刻版、二〇一〇年）。島田龍によれば、宮本又久が石川県の一九三〇年代の打和長江（昭和一〇年『詩聖』創刊、高知の瀧川富士夫や福岡の原田種夫らの寄稿を得る）や小笠原啓介（昭和七年刊行の詩集『まだ朝にならぬ』は即日発売禁止）らの活動を全三巻『金沢詩人会資料ノート――石川県民衆史資料ノート』として記録している（金沢大学付属図書館）。

(8) 投稿、読者欄に注目し意識的戦略で雑誌を運営したのは西條八十である。筒井清忠『西條八十』（中公文庫）参照。

(9) 鮎川信夫の「一九三八年四月」「〈私〉の誕生」「「ばくち打ちのような影」「自由な相互批評の場」（『鮎川信夫著作集』第八巻、思潮社、一九七六年二月）、田村隆一の「不良少年の夜」「非望のきはみ」（『若い荒地』講談社文芸文庫）、中桐雅夫の「断片的回想」（『若い荒地』三三三～三四二頁）参照。また、神戸と姫路の詩人との交流は『現代詩手帖』臨時増刊「荒地・戦後詩の原点」（一九七二年一月、六二～八五頁）参照。

## 四　神戸詩人事件勃発

昭和十五（一九四〇）年三月三日払暁、「神戸詩人クラブ」（昭和一二年一月発足）「神戸学生映画連盟」「姫路詩人クラブ」（昭和一一年一月発足）並びに同人誌『神戸詩人』『ＬＵＮＡ』に

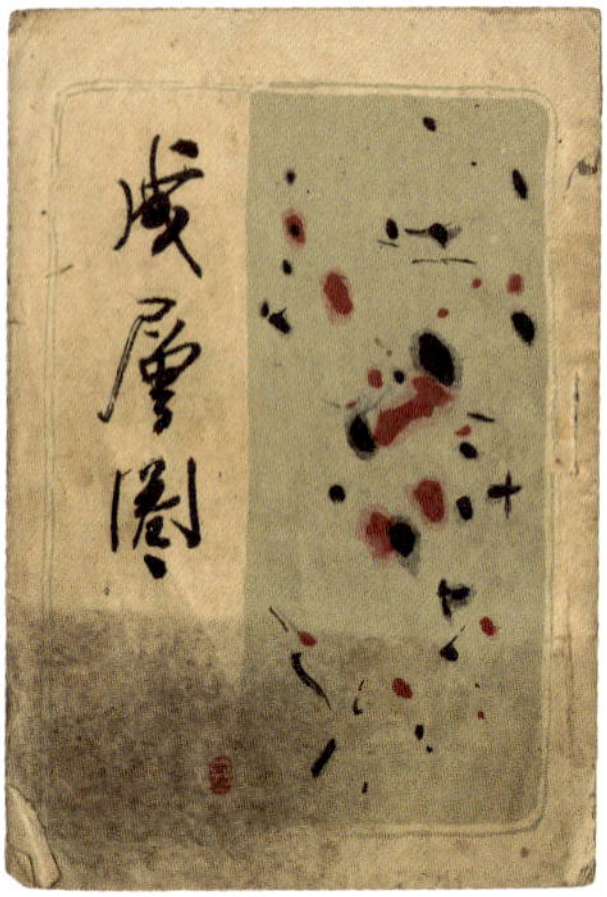


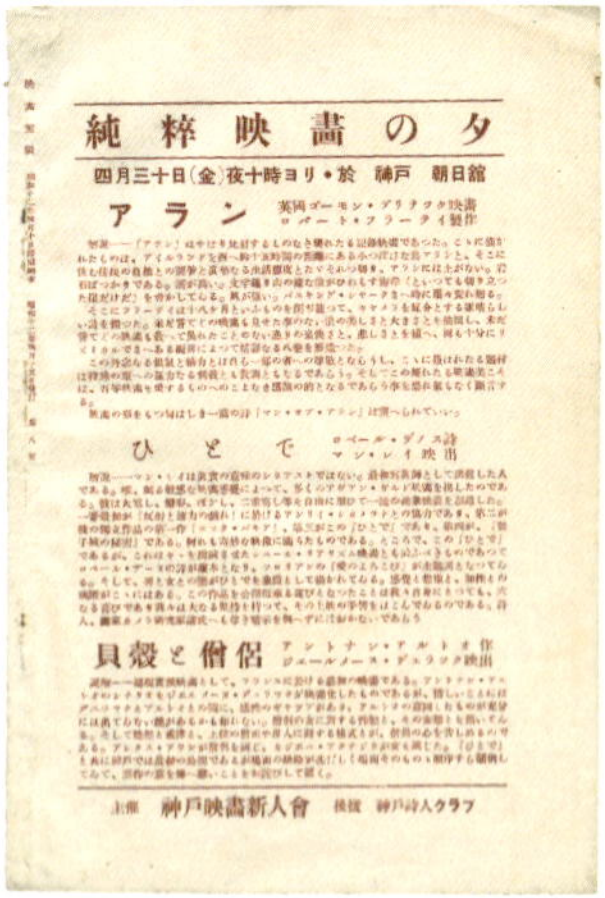


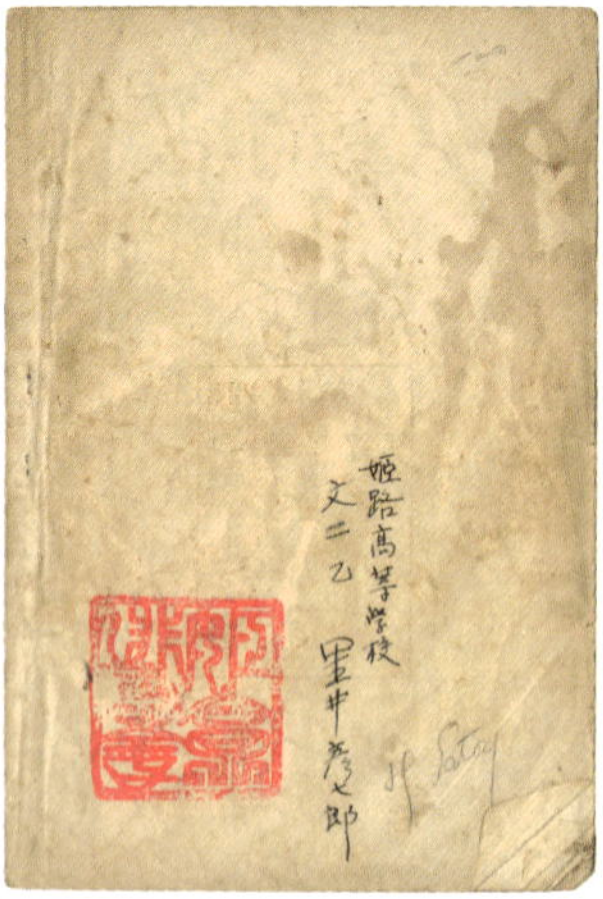

右上・右下　『成層圏』編集竹下吉信（福岡市濱田町１丁目51）昭和12年４月　林哲夫提供

左上　『映画無限』第八冊（昭和12年４月）編集松本三郎（神戸市湊東区神田町303）

左下　神戸映画新人会が企画した「純粋映画の夕」

所属していた旧制姫路高等学校の学生を含む十数名が治安維持法違反容疑で一斉検挙された。[1]
神戸詩人事件といわれるが、姫路詩人事件といっても過言でなく、同人誌『神戸詩人』に関与した姫路の詩人への弾圧、とりわけ、大塚徹らの周辺の急進的な学生への密告を促す巧妙な取調は無慈悲であった。

同時期、俳句誌『京大俳句』に属する新興俳句系の俳人（平畑静塔、西東三鬼ら）が検挙された「京大俳句事件」、信州の詩人が検挙される「リアン浅間事件」も起きており、言論弾圧事件として現在なお暗い影を残している。神戸と姫路の青年たちは、なぜ拘束されたのか。皇国体制の転覆をはかる危険思想の持主というのが法的根拠だったが、権力によるでっち上げ、調書は虚偽の自白を強要されたものであることが戦後に判明している。検挙者には竹内武男のように日本共産党員がいたが、ほとんどはシュルレアリスムを研究、或いはモダニズム詩に関心を示す文学青年だった。シュルレアリスムはコミュニズム同様に危険思想と見なされたのであろう。詩人そのものが、秩序を乱す違法の存在と規定されたのかもしれない。

当時の姫路には陸軍歩兵連隊が駐屯、姫路高等学校の学生らによる反軍闘争（後の神戸市長宮崎辰雄らも関わる）が起こった。神戸には東洋一の軍港神戸港があり、港湾部の三菱・川崎造船所の大争議が勃発していた。姫路も神戸も、軍部にとって重要な拠点であり、反乱は容認できなかった。「二度と詩は書かない」と調書に書き記し獄舎を出た詩人、たとえば、外地で自決した沢田良一の胸中は沈黙にとざされたままである。ところが敗戦後、事件を巡る解釈に当事者間に齟齬が起こり、齟齬の理由はついに明らかにされないまま現在に至っている。[2]

中桐雅夫（本名白神鑛一）は『LUNA』（創刊は『新領土』より早かった）を発刊、旧制姫路高校生の小鷹孝（重松景二）や羽生豊（児島賢次）らと東京の鮎川信夫や森川義信らをつなぐ中心人物であったが、なぜ検挙を免れたのか。事件の前の昭和一四年春、神戸高等商業学校（現、神戸商科大学）を退学、日本大学芸術科入学のため東京へ転居、田村隆一によれば、「徴兵猶予の特典だけをたより」にしたとある。[3][4] 敗戦後の竹中郁と深い関わりのあった足立巻一は兵士として外地の華北山西省にいた。獄中体験を強いられた内地の小林武雄、竹内武男、岬絃三、亜騎保、彼らの出自は社会の底辺に属していた。竹中郁は検挙されることなく、海のみえる家で過ごした。生きるに拙、愚直な猛進型と機をみるに敏なタイプ。なにがあろうが現実との距離を設定、沈黙を選択する態度。或いは内地にいたか、召集され転々、兵士として外地にいたのか、拘束を免れたのは単に運がよかっただけなのか、さまざまなおもいが去来する。[5]

齟齬だが、「当事者の中にも、戦後の時流に媚びて当時の言動を誇大に美化強調して、あたかも英雄的に闘ったかの如く自ら吹聴」（町田甲一『鷺城下にかげる』二四一～二四二頁）する人間がいた、という証言がある。足立巻一によれば、安藤礼二郎（柳井秀、平柳秀三、本名柳井秀二）が最も実証的に事件の全貌に迫り、その見解はほぼ妥当としている。神戸詩人事件の関連資料を註6に記しておく。

［註］

(1) 検挙者数だが評者により違う。なぜなのか、不思議である。足立巻一が最も信頼できるとした安藤礼二郎によると（一九七頁参照）一七名、竹内武男、小林武雄、亜騎保、浜名与志春、岬絃三、沢田良一（インパールで自決）、打浪重信、佃留雄、町田甲一、内海洋一、重松景二、児島賢次、里井彦七郎、小山邦夫（学徒出陣戦死）、小林浩一、山本秋雄、赤松乾六である。そのうち起訴されたのは竹内、小林、亜騎、浜名、岬、町田、内海、小鷹、児島、里井及び神戸商大生の小林浩一の一一名。鮎川信夫の「神戸詩人事件」（『鮎川信夫著作集』第八巻、思潮社、一九七六年、二六四頁）で、日高貌二（『LE BAL』二一号に作品発表）と菰水明の検挙が中桐雅夫から伝えられたとあるが、この二人の詳細は不明である。

(2) 故和田英子によれば、亜騎保、岬絃三、足立巻一らと小林武雄、広田善緒らに齟齬があったとされる（『朱の入った付箋』編集工房ノア、一九九頁）。

(3) 小林武雄によれば神戸高商在学の中桐雅夫は旧制姫路高等高校文芸部の小鷹孝（重松景二）と羽生豊（児島賢次）を自らが編集する『LUNA』の同人に誘い、後に、小鷹孝の従姉の文子を妻とする。なお神戸詩人事件で検挙された姫高生は小鷹、羽生を入れ、内海洋一、町田甲一、里井彦七郎、小山邦夫である。鳳真治の『特高の犯罪』には権力への密告者の名が記され、また、「神戸詩人事件の張本人」は羽生豊（児島賢次）とする仮説を掲げているが根拠はわからない。内海、町田、里井は大学教師、小山は学徒出陣で戦死、羽生は姫路の濱中製鎖工業株式会社の専務取締役に、小鷹はカトリックの神父になったというが詳細は不明である。重松景二、小鷹孝、どちらが本名なのか、評者により定まっていないので確定できない。羽生豊、児島賢次も同様である。

(4) 田村隆一『若い荒地』五七頁。桑島玄二の「中桐さん」参照（追悼中桐雅夫『歴程』三〇二号、一九八三年）。

(5) 一九三〇年代後半の小林秀雄に触れた大岡昇平の「義務のために死ぬ兵士の骨に対して、一切のヒューマニスティックな言説は無意味なのである」(「歴史と文学」大岡昇平全集第一七巻)、敗戦後の足立巻一や杉山平一の位置はこの大岡昇平に近く、小林武雄は遠かったのではないだろうか。

(6) 『復刻版内務省警保局編 社会運動の状況十二 昭和十五年』(三一書房、昭和四七年)、『内務省警保局保安課(一九四〇)特高月報 昭和十五年』(政経出版社、一九七三年)、足立巻一「「神戸詩人」書誌」(『文学』岩波書店一九八五年一月号)、鶴岡善久「黒い霧のなかで見失ったもの」(『日本超現実主義詩編』思潮社、一九六六年)、安藤礼二郎『西播民衆運動史(昭和)——その弾圧と抵抗の記録』(姫路文学人会議、一九八三年)、『映画無限』(第八冊、昭和一二年四月版)、同(第一〇冊、昭和一二年七月版)、佃留雄遺稿『暗い谷間のころ——神戸詩人事件を中心に』(培養社、一九八三年)、佃留雄「でっち上げの「神戸詩人事件」」(『少年』一九号、昭和五二年)、「罪なき捕われ人浜名与志春」(『少年』二三号、昭和五三年)、「若き日の小林武雄と広田善緒」(『少年』二八号、昭和五四年)、町田甲一『鷺城下にかげる』(神保出版会、一九九四年）、小林武雄「神戸詩人事件」（『詩學』昭和三〇年九月号）と詩集『「否の自動的記述」と「一箇の料理人」』（みるめ書房、一九六七年）、渋野純一「昭和十五年に於ける社会運動の状況」資料解説（『天秤』三二号、昭和四五年）、小林武雄「『言語』は人間の原点」（『神戸・人とまち』四号、昭和四七年）、『岬紘三詩抄』（岬紘三遺稿詩集編纂の会、昭和三四年）、竹内武男詩集『日没はちぢれた影をたてて』（培養社、一九七七年）、桑島玄二「こんど僕に詩の書ける時代がきたら——浜名與志春論」（『兵士の詩——戦中詩人論』理論社、一九七三年）、小野寺逸也「浜名與志春——「神戸詩人事件」の犠牲者」（『地域史研究』尼崎市立地域研究史料館紀要、昭和六一年）、広田善緒「二つの手紙——『退屈なメモリア』より」（『輪』二三号、一九六七年）、「広田善緒追悼特集」（『輪』三八号、一九七四年）、君本昌久「戦前神戸詩人の受難」（『思想の科学』一九六五年四、五月号）、津吉敏子「「神戸詩人」のこと」（『兵庫史學』二四号、昭和三五年）、陸井敏子「「神戸詩人事件」のこと」（『兵庫史学』三二号、昭和三八年）、安水稔和編「七人の詩人たち」（『蜘蛛』第三号、一九六一年）、川口敏男「現代詩のメタファの問題——亜騎保の詩に関して」と小林武雄「戦前ヒューマニズムの傾向——亜騎保の足跡」（どちらも『蜘蛛』五号、一九六三年）、『私たちの昭和史〈上〉』（昭和六〇年、神戸新聞社編）、及川英雄『暗い青春』（豆本灯の会、一九八七年）、座談会「いま、詩について」杉山平一、小林武雄、和田英子、安水稔和、伊勢田史郎（『こうべ芸文』三一号、昭和六一年）、直原弘道「神戸における「火の鳥」書誌」（『文脈』第四号、昭和六〇年）、鈴木正次「神戸左翼文化運動史」（『歴史と神戸』二六巻二号、昭和六二年四月）、『特高の犯罪・鳳真治詩集』（再版、摩耶出版社、一九九三年）、直原弘道「足立巻一と神戸の「火の鳥」」（『PO』九四号、一九九九年）、伊勢田史郎「広田善緒――言葉にならぬものの姿」「小林武雄――存在の淵」「亜騎保――生涯のシュールレアリスト」（『神戸の詩人たち』編集工房ノア、二〇〇二年）、和田英子「「硫酸の日々」から」（『行きかう詩人たちの系譜』編集工房ノア、二〇〇二年）、和田英子「朱の入った付箋」「詩人集団「火の鳥」ほか」（『朱の入った付箋』編集工房ノア、二〇〇五年）、中野嘉一『前衛詩運動史の研究――モダニズム詩の系譜』（新生社、昭和五〇年）、鮎川信夫「神戸詩人事件」（『鮎川信夫著作集』第八巻、思潮社、一九七六年）、市川宏三『たゆらぎ山に鷺群れて』（北星社、二〇〇七年）、芦塚孝四詩集『愛の歌』（輪の会、昭和四五年）のなかの中桐雅夫「芦塚君の想い出」と小林武雄「けれども「愛の歌」を」、高須剛「芦塚孝四――心優しいモダニストの復権」（『地域文化』第一・二合併号、二〇〇一年）、中野繁雄「暗い驟雨」（『文学者』昭和三〇年一二月号）、パンフ「神戸詩人事件から七〇年」シンポジウム（大橋愛由等編集、二〇一〇年）、大橋愛由等「語られることのなかった神戸詩人事件」（月刊『MELANGE』五八号、二〇一〇年）、季村敏夫『山上の蜘蛛――神戸モダニズムと海港都市ノート』（みずのわ出版、二〇〇九年）と『窓の微風――モダニズム詩断層』（みずのわ出版、二〇一〇年）、高木伸夫「君本昌久の戦後――「市民」像との格闘について」（『歴史と神戸』二九〇号、平成二四年）、島京子の小説「殉教者」（『VIKING』一五二号、一九六三年）、足立巻一『親友記』（新潮社、一九九～二四二頁）、君本昌久の小説「ある回想」（『文学塹壕』第二号、一九七二年）、飯島耕一の小説「硫酸の日々」（『世界』昭和五二年一月号）、佃留雄の論稿「「神戸詩人事件」とは」（『歴史と神戸』九七号、昭和五四年「特集・神戸詩人事件」所収）。佃留雄は戦前の「神戸詩人クラブ」の活動目的は親睦を偽装としたファシズムへの抵抗だったとする小林武雄の言説（『詩學』昭和三〇年九月号、五九頁）を否定している。

## 五　おわりに

神戸詩人事件に関する記録や証言を読めば読むほど、記憶というもの、うずくものが迫る。ときにことばは、善きひとを殺す。詩友とか親睦といういい方は、かつても現在も、自明性として使用されるが、非常時にあってもゆるぎのない観念として持ちこたえられたであろうか。あろうことか、昨日までの友を友が売り渡す、裏切り、密告を企てたとする事後の証言、密告を受け、執拗残忍な取り調べに当たった権力側の懺悔は痛ましく、償いはありえない。加害と被害がからみあった彼らの傷は現在もなまなましいが、沈黙に閉ざされている。沈黙は想像力と直観力を駆使する以外たどりようがない。沈黙と傷に関し、足立巻一は次のように書き記している。

〈神戸詩人事件〉は、戦争が終わってからさまざまに語られ、論じられた。当事者である小林武雄や佃留雄の発言があり、史家や詩人から論及されたこともあり、さらには事件を指揮した当時の特高のひとりの告白を聞き書きした文献もあらわれた。若い詩人たちを検挙した側の意図や見解は警保局の報告でほぼ明らかとはなったが、事件の真相、検挙された側の意見については一致せず、論議が繰り返された。（原文改行）この間、終始口を閉じていたのは亜騎保である。一切の証言を拒否しつづけた。わたしも亜騎の内心のつらさが察しられたので、一度も事件について問うたことがない。（中略）「あのとき、ぼくは満二十五歳だった。まだ世間のことが何もわかっていなかった。頭のなかにあるのは、生活苦と詩を書くこととだけだった。その詩を書くことが治安維持法に引っかかるとは思ってもいなかった。ぼくが事件のことを後になってしゃべりたくなかったのは、そういう自分の幼さが恥ずかしくてならなかったからだ。それに、ぼくがしゃべれば、これまで事件につて書いた人の意見をくつがえすことにもなる……」（原文改行）その亜騎のことばは、わたしにはすぐ納得がいった。亜騎は昔から特に羞恥に敏感な男であり、他を傷つけるのを嫌がった。

『親友記』（新潮社、二三八〜二四二頁）

小林武雄に対し、周囲は惻隠の情を抱きつづけた。足立巻一も竹中郁も杉山平一も安水稔和も同様である。拘留中、切迫流産による出血多量で妻子を同時に亡くすという、「権力の恣意に曝され」（大岡昇平『野火』）た事態を、周囲の他者は抱えこんだ。「取り返しがつかん、という一語に尽きる」、こういい残し、亜騎保（橋本宇一）は最期まで、決定的な亀裂の生じた同人の齟齬の理由を語ることはなかった。足立巻一によれば、亜騎保の詩が唯一の純粋で独自のシュルレアリスム詩で、とりわけ作品「神話主義雑考」と「レモン畑の意地悪」は詩から意味を放擲、既成の語法を破壊しながら、これまでにない言語世界を構築したと指摘している。竹中郁よりひと世代下の亜騎保や岬絃三は十代半ばで文学の目覚めを迎えている。この二人のさらに下の世代である田村隆一や北村太郎（松村文雄）らは『新領土』誌上でT・S・エリオットの「荒地」（上田保訳）に出会ったとき、鋭敏な不良少年だった。いずれの詩心も西欧の思潮に激突した。

詩心ということでいえば、足立巻一の周辺（『親友記』参照）のマイナーなポエット、たとえば丘本冬哉（岡本甚一、神戸の板宿で本屋を営む）や吉田鶴夫（召集され行方不明）らシュルレアリスムからは遠い、愚直なまでに素朴な心情を見過ごすわけにはいかない。総力戦に翻弄された彼らに、むろん一冊の詩集もない。足立巻一は市井の詩心をたいせつなものとして終生抱きつづけた。

最後に、日本では無条件降伏の敗戦、台湾では光復、帝国日本の呪縛から解かれた一九四五（昭和二〇）年八月一五日以降に触れる。大陸から台湾へ侵攻した蔣介石の中華民国政府は中国語を公用語と定め日本語の使用を禁じた。複数の言語が飛び交うなかで、台湾語を日常的に使う本省人と北京語を話す外省人との齟齬確執は深刻さを増し、政府へのレジスタンスを弾圧、本省人を虐殺した二・二八事件（一九四七年）以降、日本語で思考してきた李張瑞《りちょうずい》は白色テロに遭い、抗争に関与したとの無実の罪にて投獄、判決が家族のもとに届く前に銃殺

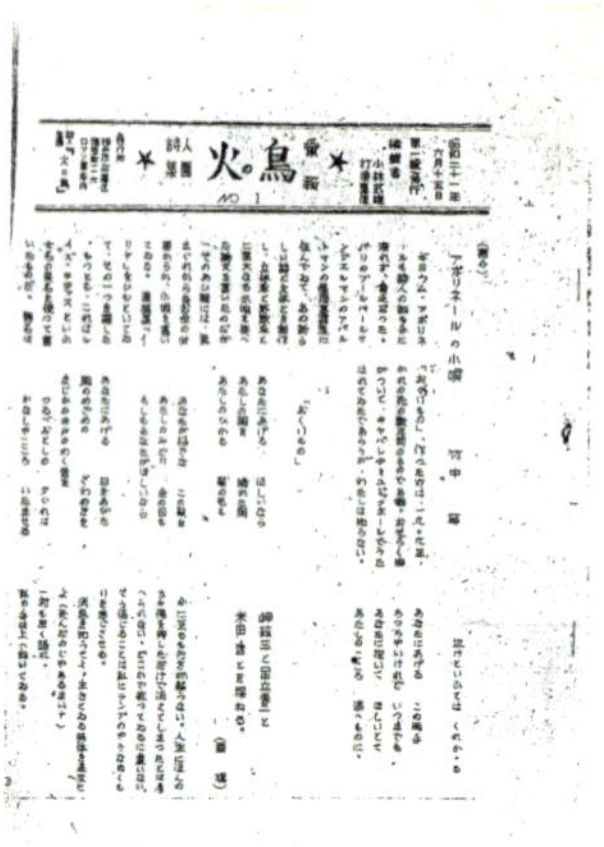


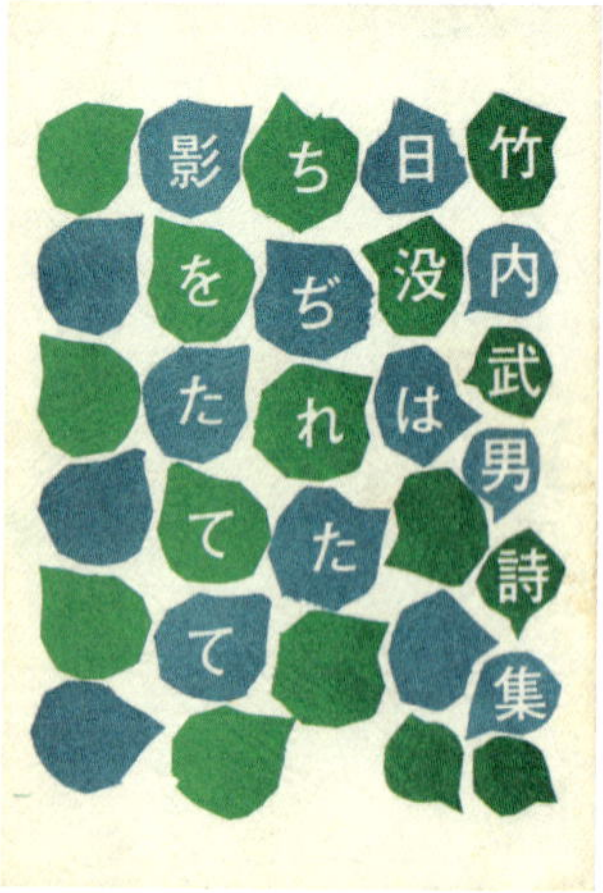


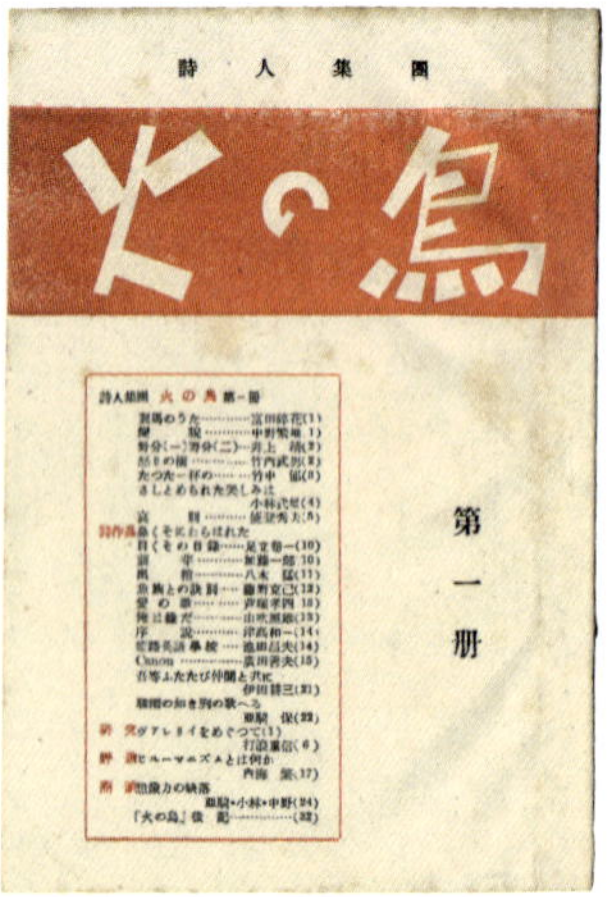


右上　詩人集団『火の鳥彙報』１号（昭和21年６月）編集小林武雄、打浪重信　竹中郁のアポリネールの訳詩掲載

右下　『火の鳥』第一冊（昭和21年９月）編集小林武雄

左上　亜騎保詩集『動物の舌』（昭和36年５月）岡本書房（神戸市須磨区前池町）画・津高和一

左下　竹内武男詩集『日没はちぢれた影をたてて』（1977年２月）竹内武男遺稿集刊行委員会編　培養社

された。揚熾昌《ようししょう》は二・二八事件で入獄、出獄後に筆を絶った。林永修《りんえいしゅう》は一九四四年に結核で死去。彼らは映画『日曜日の散歩者』で描かれる風車詩社の詩人のその後である。

神戸詩人事件の当事者のひとりである小林武雄は、敗戦の翌年に詩人集団『火の鳥』を創刊、富田砕花、井上靖、竹中郁、津高和一、足立巻一、池田昌夫らによびかけた。「詩人集団」という複数性を掲げたところにコンセプトがあらわれている。亜騎保も竹内武男も広田善緒も打浪重信も集団の一員となった。浜名与志春は敗戦の三か月後に病死、岬絃三は三年後に病死、敗戦の日まで松山刑務所に収監されていた竹内武男は、創刊号に関わった後に筆を絶って鹿児島へ転居、山林の管理者となり自己処罰の道を選んだ。死は処罰の果ての自由だったか、竹内武男は沈黙のまま、単独性を貫き通した。複数性か単独性か、どちらを選ぶのかというようなことではない。

たとえば、ハンナ・アーレントの公共性の概念を置いてみる。アーレントの公共性は、他者とともに生きる複数性（員数ではない）を基礎に据えている。小林武雄と竹内武男、両者の離反は複数性に関わっている。小林の掲げる「詩人集団」だが、詩人は本来徹底して個に根差す存在ゆえに語義矛盾である。しかも運動体を目指すとは、明らかに員数に呪縛されている。とはいえ、幼少時並びに青年期に強いられた苛酷な体験、さらに、拘禁中に襲われた妻の隼橋登美子の死をおもうと、集団志向はある意味不可避的ともいえよう。しかし、政治（ポリティクス）を相対化する視点で行為に加担するという自由をついに獲得できなかった。一方、竹内は徹底して政治を遠ざけ、敗北の底に単独で降りていった。小林は戦後の反米愛国の政治闘争の意識につながり、竹内は重労働二五年の判決をうけシベリアの強制収容所（ラーゲリ）に閉じこめられた石原吉郎の位置に重なる。二人の違いを明らかにすることが、神戸詩人事件検証の新たな一歩になるはずだったが、惻隠の情のなかで思考の道は閉ざされてしまった。

雀の存在そのものが、罪悪だった、かつて紅衛兵だった映画監督の述懐だが、過ぎ去ればすべて美しき日々の列島からは金輪際発することのない呻きである。総力戦下の神戸詩人事件、小さなものの小さな場所は凌辱され、抹殺された。犠牲、受難、償い、「すさまじいもの」に翻弄された運命の受容、事後どのようにとらえようが、善きひとびと、消え去ったものは戻らない。彼らのたましいをどうよび起すか、健忘症のわたしたちに、今なお突きつけられる苛酷さ、償えない記憶を抱え、どう背負い、どう生きなおすかが問われている。

## 冬澤弦のこと

雑誌『新領土』は戦前のモダニズム詩運動の最終ランナーである。その中心的なメンバーの春山行夫は萩原朔太郎の抒情を仮想の敵とした。創刊は一九三七（昭和一二）年五月、アオイ書房から出た。上田保、江間章子、大島博光、楠田一郎、小林善雄、近藤東、酒井正平、饒正太郎、奈切哲夫、永田助太郎、春山行夫、村野四郎などが主な執筆メンバーで、敗戦後に第二次『荒地』を立ち上げた鮎川信夫や田村隆一、中桐雅夫、三好豊一郎らも加わっていた。神戸詩人事件で検挙された亜騎保や広田善緒らも寄稿し、そのなかに、冬澤弦の名を見つけたこと、忘れられない。

冬澤弦を発見した場所は地上から消えた神戸の海文堂の一室。そこでわたしは、京都から『新領土』の原本数冊をかかえてやってきた扉野良人と二度目の話しあいをした。一度目は二〇〇八年一〇月、神戸の水道筋商店街のカフェ。いずれも話題は永田助太郎。作品「空間」「時間」を巡り、オオ　ララ　オオ　ララ、語りあった。総力戦下のモダニズム、音楽と詩の

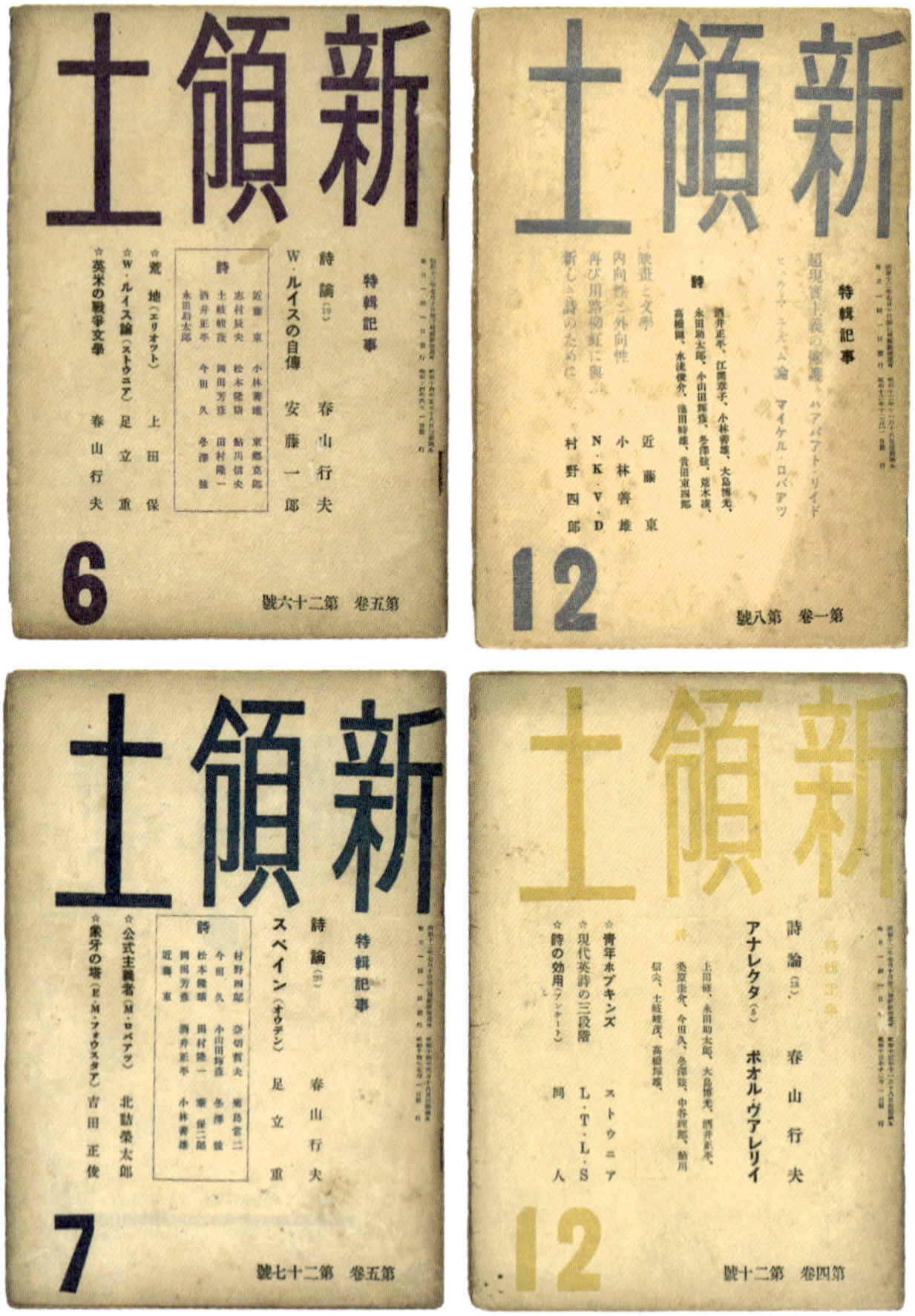


『新領土』提供：扉野良人
右上　８号（昭和12年12月）／右下　20号（昭和13年12月）
左上　26号（昭和14年６月）／左下　27号（昭和14年７月）
209頁　『新領土』29号（昭和14年9月）住所録（鮎川信夫とともに冬澤弦載る）

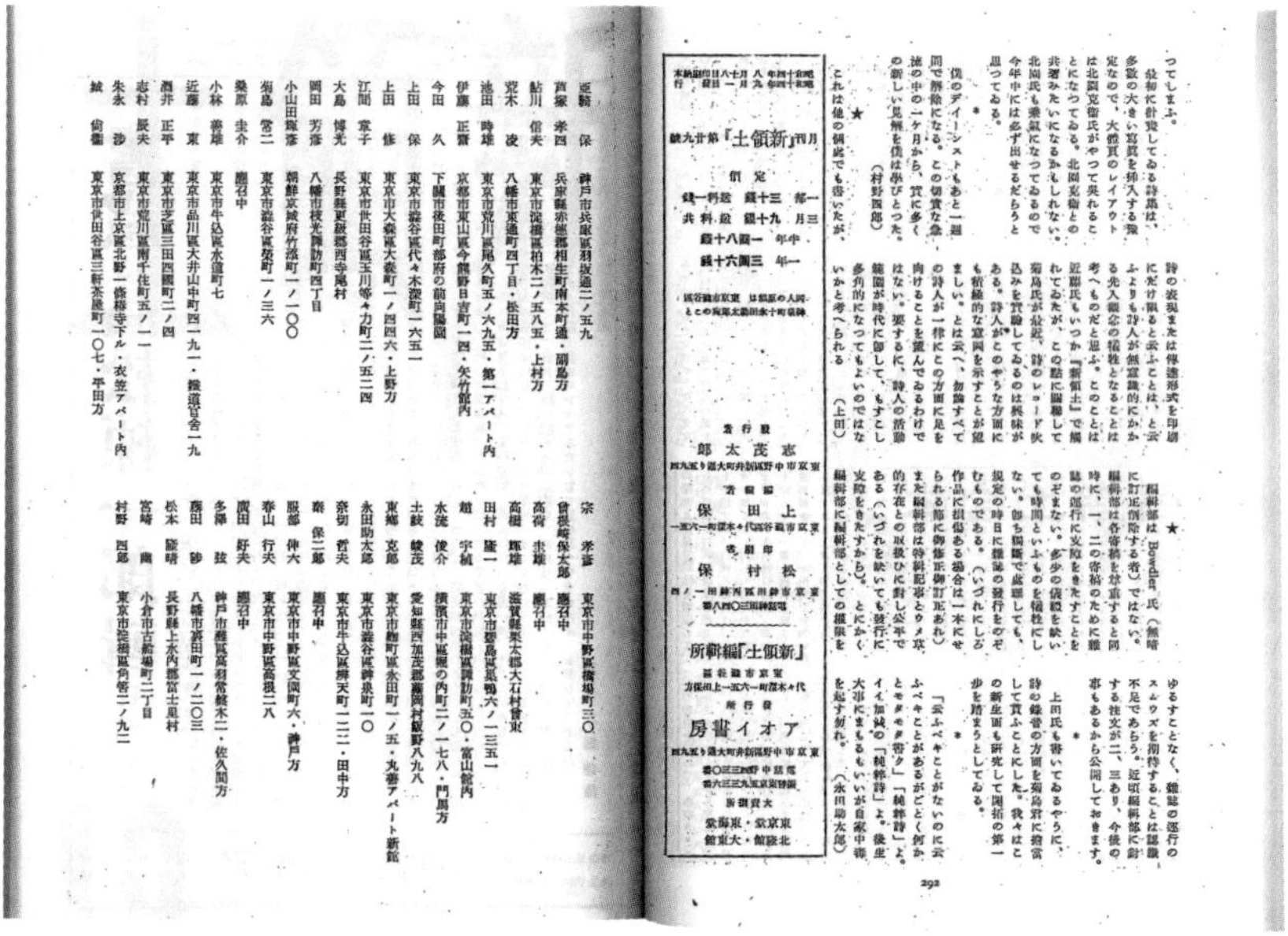


関係など多岐に渡って弾んだ。このことは後に、共著『永田助太郎と戦争と音楽』（発行・震災・まちのアーカイブ、製作みずのわ出版）をうみだした。この冊子には資料として、『新領土』の編集スタッフだった永田助太郎の編集後記をすべて集め、末尾に載せた。扉野良人の労作である。

『新領土』の住所録にあった冬澤弦（上掲、下段左から五人目）、ペンネームであろう、神戸市灘区高羽常磐木《ときわぎ》二、佐久間方、なにか手掛かりはないかと灘区高羽周辺を歩いてみたこともあった。

遅れて『新領土』に加わった田村隆一と、広田善緒（好夫、小説ではHさん、「硫酸の日々」一九七七年『世界』一月号）に触れた飯島耕一との対談「日本の近代と言葉　瀧口修造に触発されて」にこういう箇所がある。

**飯島**　モダニストは東京の下町にも出てくるんですね。堀辰雄とか、近くは吉岡実とか。あれは不思議なんだ。

**田村**　わたしだって一種の下町なんだ。中学が三商でしょ。三商ってのは下町の息子ばかりなんだから。

**飯島**　モダニストは、東京の下町か北陸にかぎるかもしれないね。

**田村**　要するに新政府の権力の及ばないところか、ないしは権力から疎外されていたやつだ。だから反薩長がモダニストになる。維新のとき、戦後のシュルレアリスム研究会の大岡信のご先祖だって、徳川慶喜と一緒に静岡へ疎開していったのさ。大岡のお父さんなんか、学童疎開のはしりかもしれんな。

**飯島**　あとは神戸にもモダニストが出ているけれど、それは理屈の上でもよくわかる。

**田村**　横浜とかね。ただ神戸のほうが尖鋭的ね。

『現代詩手帖』臨時増刊瀧口修造（一九七四年一〇月号）

神戸のほうが尖鋭的、田村隆一の発言は神戸詩人事件のことだとおもわれるが、冬澤弦は含まれているのかどうか。[1]

今回掲載を見送った冬澤の作品には、現実との対応を見失った空虚な言葉遊びがみられたが、選んだものはナショナリズムとの緊張から生まれ、仮面舞踏、アンチコミンテルン舞踏会という構えからわかるように饒舌を偽装している。偽装こそ、冬澤にとっては春山行夫から学んだ技術だったのだろう。距離のなかバリケードを構築したが、現実の強度へ向かうことは巧妙に退けられた。

冬澤弦だが、生没年不詳、作品だけがのこされている。その名前を神戸詩人協会や神戸詩人クラブの名簿から見出すことは出来ない。竹中郁や足立巻一らの同人誌にも出てこない。作品発表時の住所以外、何もわからない。ところが、『新領土』への関わりは亜騎保や広田善緒、芦塚孝四よりもはやく（第八号、昭和一二年一二月号より）、上田保訳のT・S・エリオットの「荒地」（昭和一三年八月号）にも目を通していたとおもわれる。読むことの出来る作品は一二篇、尖ったエセイ「詩ノ流行」一篇、昭和一四年の八月号の作品を最後に消息は絶たれている。

日々坂道を下りながらまばゆい海港の光を浴びていたのか、銀行の窓からガントリークレーンの聳える港湾を眺めていたのか、あるいは、海岸通りの商社に勤めていたのか、学生時代にコミュニズムに一瞬ふれたのか（マルクス・ボーイ）、召集され外地を転戦、深海の底に眠っ

昭和10年７月10日　銀座・日動画廊喫茶室で。前列右から酒井正平、二人おいて伊東昌子、小林善雄。後列右から西崎晋、一人おいて上田修、高荷圭雄、菊島常二、饒正太郎など
静文夫編集『天秤』40号　昭和49年７月、所収

ているのでは、このおもいは消えない。ちなみに、『薔薇・魔術・学説』や『衣裳の太陽』に関わった冨士原清一は朝鮮木浦沖、『新領土』の酒井正平はニューギニアのマノクワリで戦死、第一次『荒地』の森川義信（山川章）はビルマのミイトキーナで戦病死、神戸詩人事件で検挙された姫路の沢田良一はインド北東部のインパール作戦時に瀕死の重傷を負い手榴弾により自決している。

楠田一郎や永田助太郎の詩集を横に置き、冬澤弦の自動記述の作品を読む。速度を落とし、空虚な饒舌体をゆっくりと読む。このとき、形容し難いかなしさ、せつなさが迫り、声はつづかない。楠田一郎の「黒い歌」や永田助太郎の「時間」「空間」のたどり着いたレベルの手前で筆は断たれているからである。

［註］

(1) 神戸の詩人に言及する鮎川信夫を引く。「古い秩序と伝統への破壊と挑戦を目ざす「神戸詩人」のモダニズムは、そのアバンギャルド意識において東京のそれよりも急進的だったから、コミュニストが芸術的に後退すればシュルレアリストになり、シュルレアリストが政治的に前進すればコミュニストになるというヨーロッパ的な定式が、そのまま受入れられやすいような精神的風土の中にあったと思われる。」（「詩的青春が遺したもの——わが戦後詩」鮎川信夫全集第八巻、二六七頁）

*

長田区の神撫山の山麓に棲んでいた君本昌久は、『楠田一郎詩集』（飯島耕一・鶴岡善久編、一九七七年）と『永田助太郎詩集』（近藤東・君本昌久編、一九七九年）を上梓している。君本昌久の営むリトルプレス蜘蛛出版社の仕事、たとえば、花木正和の『戦争と詩人　夭逝の宮《みや》野尾《のお》文平《ぶんぺい》』（一九八一年）は今こそ想い起さねばならない一書である。宮野尾文平は多田道太郎の若き日の友人。花木によれば、戦争末期の昭和一八年、「中原中也として軍服を着たつもり」（一一二頁）で学徒出陣、昭和二〇年三月、九州太刀洗の特攻基地へ赴任、アメリカの空軍機の来襲を浴び一片の肉片も残さず爆死、二二歳であった。ある日、今生のわかれを覚悟した宮野尾は「星一つ」と題した八篇の連作詩篇を兵営から花木のもとへ密送。その前書には、「思へば随分と冷へてしまつた、すべてが——つまらぬことだ、全く。消えてしまほふ、しづかになくならう。夜明の名もない星のやうに——」と刻みこまれていた。ここでも消失が、深くとらえられている。

過日亡くなった加藤典洋は、『戦後的思考』(講談社、一九九九年)の題辞に、宮野尾文平の「星一つ」から、つぎの六行を掲げている。

死ぬつてことが重荷になるなんて
今夜に限つて
こりや一体どうしたことだ
　重荷と云ふんじやなくつて
何と云ふか
　とつても嫌らしいんだ

## 『神戸詩人』と台南の風車詩社について——石ほどには沈黙を知らず

映画『日曜日の散歩者』に同人誌『神戸詩人』が出てきたとき、驚いた。竹中郁らの『羅針』ではなく、なぜ『神戸詩人』なのかと。映像からすれば、神戸詩人事件の犠牲者である小林武雄らの第四次『神戸詩人』ではなく、昭和九年一〇月刊行の第三次『神戸詩人』一九号（編集、光本兼一）とおもわれる（二一六頁参照）。

映画のパンフレットの揚熾昌《ようししょう》（一九〇八〜九四）のプロフィールに、「詩を作っては『椎の木』『神戸詩人』『詩学』などの日本の雑誌に発表した」とある。第三次と第四次『神戸詩人』に当たってみたが、揚熾昌の作品は見当たらず、風車詩社への記述はなかった。というより雑誌全体として、外地の詩や詩誌への関心は稀薄であった。編者の光本兼一には、破れ目のない抒情の表白があり、シュルレアリスムの匂いはない。一方小林武雄らは、西脇順三郎の『超現実主義詩論』などに出会うことにより、詩的関心はヨーロッパの思潮に向かってはいたが、竹中郁らの海港詩人倶楽部の洗練さと比較すると、出自にこだわるルサンチマンが際立っ

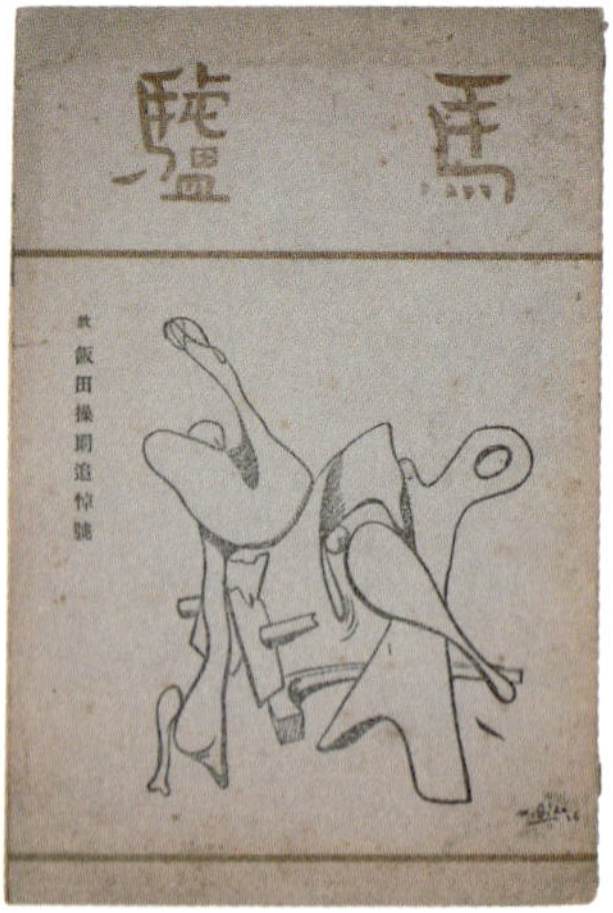

上　飯田操朗遺作展会場にて（昭和12年５月）。前列左より飯田清、飯田操朗母堂、瀧口修造。後列左より松島正一、鷹山宇一、土屋幸夫、福沢一郎、斎藤長三、塚原清一　提供：福沢一郎
木村重圭「飯田操朗の生涯と芸術（上）」『日本美術』第17巻（第104号）、日本美術社、昭和49年、114-125頁より転載
下右　第三次『神戸詩人』19号（昭和9年10月）
下左　『驢馬』飯田操朗追悼号（昭和12年４月）

ていた。外地『風車』と内地『神戸詩人』との関わりを解明するため、両者を結びつけた導き手は光本兼一周辺の詩村映二であるという仮説をもとに当時の同人誌を調べてみた。

詩村映二（本名織田重兵衛、大阪市立天王寺中学卒）は竹中郁（関西学院文学部卒）と福原清らがアポリネール六年忌の追悼詩画展（大正一三年）を開催した三宮神社境内のカフェー・ガスの近くの映画館（万国館）で活動写真弁士をしながら、上海の内山書店（店主、内山完造）に出入りしていたアナキスト田代健らと交友。詩村をたどると以下のことがみえてきた。

雑司ヶ谷の鳥羽茂編集の『詩學』九号（昭和一一年二月、ボン書店）に揚熾昌（ペンネーム水蔭萍）は作品「亜麻色の祭歌」、詩村は「青い村落」と「遠郷」を寄稿、また姫路市南畝町で『驢馬』（創刊昭和一〇年。昭和一二年の七号の巻頭は瀧口修造の「星の掌　故飯田操朗君の芸術」）を主宰、画家の飯田操朗、長谷川利行、榎倉省吾（昭和一八年五月から朝日新聞朝刊連載小説、火野葦平作「陸軍」の挿絵を担当）、また、江戸川乱歩と交友、ときにフランス語の詩の翻訳に挑むというジャンルを横断する奔放な人物であることがわかってきた。ちなみに詩村の『驢馬』だが、ダダは幼児語でお馬という意味があるという（プチ・ラルース仏語辞典）。『詩學』誌上のそれぞれの作品を引いてみる。

水蔭萍

亜麻色の祭歌

—Les Amours Perdus

花籠の果実。
青樹のスコールは夜空の星座をよんだ。

裂かれた風の匂ひ。
疾める花の日に尼僧はホン〳〵と古弦を鳴らし、大洋の月はボヘミヤの綿帽子をかぶつた。

愛は祭堂に燃え、
尼僧は白蠟のやうに祭祠をよんだ。
傷だらけの歌の幻。堂房の壁画を見つめ、
冬ばらの陰影《かげ》。静脈に顫へる血の華に、
尼僧の生誕日は柘榴の花と恋。

詩村映二

## 青い村落

逆さになる空　瞳にかなしい青の中に木の葉がそよいでゐる
私を物語の部屋へそつと忍ばせやうために
樵夫が山を降りて来る朝のめざめ　陽の光を汲んで食卓を飾つてみる
もしも私ひとりなら窓硝子の小径に佇む花売娘を呼んでみやう

## 遠郷

晴れない空に数羽の鴉が円形をかいてゐる

落葉は絶え間なく
厳かな風の掌の上に

さらに『驢馬』に言及する水蔭萍《すいいんぴょう》の読書ノート「秋窓雑筆」(『台湾日日新報』昭和一〇年一〇月三日)を読む機会に恵まれた。三年前に亡くなった梶井基次郎の『檸檬』、岩佐東一郎、城左門編集の『文芸汎論』、恩地孝四郎の『書窓』(アオイ書房)などをとりあげ、『驢馬』の編集姿勢に触れている。姫路の『驢馬』は瀬戸内海を越え東シナ海に達していたのである。なお台湾日日新報社の学芸部には西川満が勤め、西川澄子が編集発行人の『媽祖』(第六冊、昭和一〇年九月)に水蔭萍と詩村映二のほかに、伊良子清白、堀口大學、萩原朔太郎、西脇順三郎らが西川満の詩集『媽祖祭』の書評を寄せている。

無頼の活弁士、アナキストと狼藉をくりかえした詩村映二ひとりが好奇心を抱え、自足した言語空間を飛び出たのだろう。今後どのような資料が顔を出すのか、期待はふくらむ。海洋に躍り出た詩村映二と風車詩社の関わり、内地と外地を巡る資料の探索は課題である。

日本統治下の古都台南の詩人の日本語の詩への関心にひきかえ、詩村を除く『神戸詩人』の植民地の日本語への関心の低さは何を意味するのか。すれ違いは重要である。日本、日本人、日本語を自明とした宗主国の詩の意識は、そのまま現在に至っているからである。無条件降伏により台湾から撤兵し列島に帰還、即座にリンゴの唄を歌い、戦後復興に邁進した日本人。呪縛を解かれた台湾では日本語は禁じられ、大陸から北京語が流入、日本国籍を有する本省人と外省人との抗争二・二八事件が勃発、内戦状態になった。日本と台湾のこの違いを示す格好のテクストの一つに、「人は石ほどには沈黙を知らず、鳥ほどには異語にまみれない」とする黄霊芝の『台湾俳句歳時記』（言叢社）がある。日本語を学び育った黄霊芝は昭和二〇年、台湾では民国三四年、大陸から押し寄せる北京語になじめずなびかず、日本語を手放さない決意を抱えたため、戸籍簿の教育程度欄に「不識字」（字を知らず）と刻印される人生を生きた。妻を日本語で罵倒、妻は台湾語で応酬、子は北京語で喧嘩両成敗に乗り出すという暮らしのなか、句作を断念することはなかった。「戦後の台湾俳句――日本語と漢語での」というタイトルの後書きから引いてみる。

自分史に執着を持つと放屁虫《へこきむし》に似てしまう。が、台湾には幾ら写真を撮っても何も写らない部分がある。炎《ほむら》のような、影のような……または風でもあり呻きでもあり……そして無のような、それでいてでんと居座る図太いもの……それを理解するのは多分難しい。が、それを風土として育ったのが台湾の文芸なのだ。

『あまりに野蛮な』を執筆中の津島佑子は、このことばが示す台湾の苦悩が胸のなかで鳴り響いていたことを堀江敏幸との対談で告げている（『群像』二〇〇九年二月号）。言語と言語のすれ違いの狭間に身を置き、架橋しようと試みる津島の闘いは病で斃れる最期まで敢行された。

『日曜日の散歩者』が列島の現在に突きつけるものは何であるのか。「人は石ほどには沈黙を知らず」という自覚なく、自責なく経済優先、道端の石を蹴散らかし踏みつける日本、日本語、日本人は、多民族多言語の社会を生き続ける台湾の詩魂に今こそ謙虚に向きあわねばならない。

（初出、『現代詩手帖』二〇一九年五月号、タイトル変更）

＊

第三次『神戸詩人』一七号（昭和九年五月）の「受贈誌」の欄に『台湾日日新報』がある。

*

# 初出一覧

矢向季子　詩集『年輪』一九三三（昭和八）年一〇月
月　同
地下鉄の印象　同
月夜　同
黒の光　『時計台』第九冊昭和九年二月。アキラ書房『新鋭詩集一九三五』で再録
祈禱　『瀬戸内海詩人選集』昭和九年一一月。発行所・高松市西内町　四国民報社文芸部
帰路　同
玲瓏　『日本詩』一二月新鋭詩人号　一九三四（昭和九）年一二月
月　同
官能の叙曲　同

| | |
|---|---|
| 禁断の果実 | 『日本詩』四月号二巻二号、一九三五（昭和一〇）年四月 |
| 青い貝殻 | 同 |
| 春日 | 同 |
| 正午 | 同、『高架詩篇』第二号、一九三五（昭和一〇）年五月で再録 |
| 破廉恥祭 | 『噩神』創刊号　一九三五（昭和一〇）年五月 |
| 魚真学 | 同 |
| 「夜の聲」読後感 | 同 |

＊

隼橋登美子

| | |
|---|---|
| 母性の祭 | 『ばく』第四輯、昭和一一年二月 |
| ゆめ青き憧憬 | 同 |
| 手紙 | 『椎の木』第五年第四号、昭和一一年四月 |
| ことわりの克服 | 第四次『神戸詩人』第一冊、昭和一二年三月 |
| 審判 | 第四次『神戸詩人』第二冊、昭和一二年六月 |

氓れる言葉氓れるまゝに　第四次『神戸詩人』第三冊、昭和一二年一〇月
隷属するあなた　第四次『神戸詩人』第四冊、昭和一三年二月
ひかり間遠き石影のへに　第四次『神戸詩人』第五冊、昭和一四年一一月

＊

冬澤弦
習作　『新領土』第八号、昭和一二年一二月一日
喝采スル打鋲機　『新領土』第九号、昭和一三年一月一日
愉快ナ午後　『新領土』第一一号、昭和一三年三月一日
風景　『新領土』第一二号、昭和一三年四月一日
風景　『新領土』第一四号、昭和一三年六月一日
黄色い商品　『新領土』第一八号、昭和一三年一〇月一日
貸借対照表　『新領土』第一九号、昭和一三年一一月一日
断片　『新領土』第二六号、昭和一四年六月一日

＊

内田豊清

詩をよみはじめた頃

『少年』六号（昭和五〇年二月）

# 関連年譜

一九二九（昭和四）年

ニューヨーク市場で株価大暴落、世界恐慌始まる。一〇月

一九三〇（昭和五）年

竹中郁、小磯良平とともにパリから帰国。二月
北園克衛ら『白紙』創刊。五月
生田春月、瀬戸内海播磨灘にて投身自殺。五月
関西学院大学の『木曜嶋』の西村欣二、検挙された日に獄死。五月
北川冬彦ら『詩・現実』（武蔵野書院）創刊。六月
**矢向季子は『若草』九月号で今井嘉澄を知り、藤田文江の作品に出会う契機となる。**

帝都復興祭。三月

一九三一（昭和六）年

瀧口修造「詩と実在」（『詩と詩論』第一〇冊）。一月
方等みゆき『女人詩』創刊（高岡市中川七九二、女人詩社）。五月

満州事変勃発、東北地方大凶作。九月

一九三二（昭和七）年

大塚銀次郎『ユーモラス・コーベ』創刊（元町鯉川筋、神戸画廊）。一月
『詩と詩論』改題『文學』第一冊（厚生閣書店）。三月
チャップリン神戸入港。五月一四日
谷外赳夫（小林武雄）第一詩集『敬虔しき朔風』（「詩創元」発行所）。七月
岬絃三個人誌『滑車』創刊。九月

五・一五事件、犬養毅首相射殺される。
コミンテルン・三二テーゼ。五月

一九三三（昭和八）年

小林多喜二、官憲に虐殺される。二月

藤田文江詩集『夜の聲』（鹿児島詩話会）。三月
台南の揚熾昌、李張瑞ら「風車詩社」設立。三月
堀辰雄ら『四季』創刊、竹中郁参加。五月
稲垣足穂「飛行機物語」（『文學』第五冊）。六月

『観光日本』創刊（神戸市神戸区三宮町一丁目六一－九）、衣巻省三、石野重道、稲垣足穂、田中啓介が寄稿。一〇月

**矢向季子　月／地下鉄の印象／月夜　詩集『年輪』一〇月。発行所、札幌市大通西十四丁目　鈴見健二郎、時計台詩社、編集兼発行者、坂田勝、札幌市北十六条西六丁目二〇番地。詩集『年輪』は同人誌『時計台』創刊一周年記念のアンソロ**ジーである。

国際連盟脱退。三月
関東防空大演習。八月

一九三四（昭和九）年

女性教養誌『むらさき』創刊特輯号。二月
竹中郁ら第二次『羅針』（海港詩人倶楽部）創刊。二月

**矢向季子　黒の光『時計台』第九冊**。二月
岡村須磨子編集（編集所、坂本茂子方、ごろつちよ詩社）の女性詩歌誌『ごろつちよ』創刊（東都書院）。六月
近藤東編集『詩法』（紀伊國屋書店）創刊。八月
第三次『神戸詩人』を編集していた光本兼一、急逝。一一月
鳥羽茂『レスプリ・ヌウボウ』（ボン書店）創刊。一一月
**矢向季子　祈禱／帰路『瀬戸内海詩人選集』**一一月。**発行所・高松市西内町　四国民報社文芸部**
饒正太郎編集兼発行『20世紀』創刊。一二月
**矢向季子　玲瓏／月／官能の叙曲『日本詩』**一二月**新鋭詩人号**

一九三五（昭和一〇）年
**矢向季子**　黒の光**『新鋭詩集一九三五』**（アキラ書房）。**『時計台』第九冊と同じ作品、一部改作**。二月
大塚徹らの第二次『ばく』創刊号。二月
『レスプリ・ヌウボウ』改題『詩學』（ボン書店）。三月

保田與重郎ら『日本浪漫派』創刊。三月
**矢向季子　禁断の果実／青い貝殻／春日／正午『日本詩』四月号**
北園克衛ら編集『VOU』創刊。七月
**矢向季子　青い糸『高架詩篇』創刊号　未見**
**矢向季子　正午『高架詩篇』第二号、五月。『日本詩』四月号と同じ作品、一部改作。**
**矢向季子　破廉恥祭／魚真学『噩神』創刊号、五月**
『むらさき』特集「母性の文学」七月
伊東静雄第一詩集『わがひとに与ふる哀歌』（コギト発行所）一〇月

一九三六（昭和一一）年
**第二次『ばく』四号に隼橋登美子（高橋富子）が寄稿。二月**
揚織昌と詩村映二は『詩學』九号（ボン書店）に寄稿。二月
ジャン・コクトー神戸へ。五月
田村隆一、吉本隆明ら深川の今氏乙治の私塾に通う。

二・二六事件、帝都に戒厳令。
ベルリンオリンピック。八月

一九三七（昭和一二）年

小林武雄ら第四次『神戸詩人』創刊。三月

瀧口修造「星の掌　故飯田操朗君の芸術」（詩村映二編集『驢馬』七号）。四月

中桐雅夫ら『LUNA』（神戸市湊東区楠町三丁目）創刊。四月

上田保編集兼発行『新領土』（アオイ書房）創刊。五月

盧溝橋事件（日本側呼称、支那事変）

日中全面戦争へ。七月

中原中也永眠。一〇月

萩原朔太郎「南京陥落の日に」朝日新聞。一二月

**冬澤弦『新領土』に作品「習作」寄稿。一二月**

一九三八（昭和一三）年

鮎川信夫ら「東京ルナクラブ」の発会式。四月

国家総動員法公布。四月

中桐雅夫ら『LUNA』を改題『LE BAL』一四号。六月

杉山平一、召集され軽機関銃隊に入隊。八月

足立巻一、召集され華北山西省へ。九月

楠田一郎釜山の実家で永眠。一二月

一九三九（昭和一四）年

鮎川信夫ら第一次『荒地』創刊。三月

『神戸詩人』第五冊（最終号）。三月

立原道造、永眠。三月

『戦争詩集』昭森社。八月

中桐雅夫、神戸高等商業学校落第、東京へ。

**冬澤弦、『新領土』第二六号に最後の作品「断片」寄稿。六月**

ノモンハン事件。五月

ヒトラー、ポーランドに侵攻、第二次世界大戦始まる。九月

一九四〇（昭和一五）年

**神戸詩人事件勃発。三月三日払暁**

亡命ユダヤ人が敦賀経由で神戸へ。

**隼橋登美子死去。八月**

ベルリンで日独伊三国同盟に調印。九月

長谷川利行（『神戸詩人』創刊号から三号の表紙絵）死去。一〇月

チャップリン、映画『独裁者』。一〇月

北園克衛『VOU』改題し『新技術』、転向宣言。一二月

大政翼賛会発会式　初代総統、近衛文麿。一〇月

一九四一（昭和一六）年

瀧口修造と福沢一郎、検挙、拘禁される。

『新領土』第四八号、最終号となった。五月

吉岡実、詩集『液体』を満州の兵舎で受けとる。八月

日本軍（東條英機内閣）、真珠湾奇襲攻撃。一二月八日

一九四二（昭和一七）年

北園克衛、村野四郎ら『新詩論』創刊。二月

愛国婦人会、国防婦人会などを統合し大日本婦人会結成。二月

日本文学報国会創立。五月

一九四三（昭和一八）年
谷崎潤一郎の「細雪」（『中央公論』）が当局の圧力により連載中止。一月
『辻詩集』（日本文学報国会、久米正雄）竹中郁、瀧口修造ら寄稿。一〇月

協力（順不同、敬称略）
青野久美、麻生信之、大東和重、大西隆志、金澤一志、京谷裕彰、熊田司、倉橋健一、齋藤健一、島田龍、清水裕也、鈴木良一、たかとう匡子、高森大作、扉野良人、林哲夫、三浦照子、水本有香、渡辺信雄、神奈川近代文学館、日本近代文学館、姫路市立美術館

＊作品発表の確認はとれたが発表誌が見つからず、収録を見送らざるを得なかった作品があります。矢向季子、隼橋登美子、冬澤弦、内田豊清さんのご遺族と連絡がとれません。情報をご存知の方はみずのわ出版までご一報いただければ幸甚でございます。

# あとがき

夏至の近づくある日の夕刻、冬澤弦の住まいのあった灘区高羽常磐木《ときわぎ》二を特定しようと電車に乗った。常磐木という地名は現在の地図には載っていない。散水している古老にたずねた。背後に山、前方は海という坂道の瀟洒な家の前であった。

一〇〇メートルほど南へ降りた四つ辻に赤ポストがあり、そのあたりです。昭和の初年には、海鳴りが坂道をあがってきましたし、家を出れば海が拡がっていた、老人はそう語った。くちなしの匂いが濡れた小径から満ちてきた。いわれた通り歩くと、すぐに「高羽常磐木自治会」という看板が見つかった。低い位置に掲げられ、なんだか人見知りをしている表情だった。さらに南西方向へ歩いて数分のところに古書店「口笛文庫」があった。この店も坂にある。古本に埋まった店主の尾内純さんがなんだか冬澤弦におもえ、生きているなつかしさに包まれ、語りあった。家に戻ると、栞をお願いしていた三人から原稿が届いていた。

前日は姫路で、隼橋登美子の住まい、小林武雄の母の生家跡、大塚徹や竹内武男らが軒を並べていた旧堺筋界隈を歩きまわった。身体がゆさぶられると、文字から得られる情報とはまったく違う調べが舞い降りるからふしぎだ。

　こうして、一九三〇年代の姫路と神戸に生きた三人の詩人を訪ね、問いを重ねた。彼らは応えることはなかったが、その都度、こちらの声を聴いてくれたようにおもう。

　ほとんどが男性の詩人のなかにあって、矢向季子と隼橋登美子、詩へ向かう二人の切先は群を抜いて鋭い。鹿児島の藤田文江や小樽の左川ちからの連なりで読めば、生前一冊の詩集もなかった位置は明らかになるだろう。方等みゆきの『女人詩』や女性教養誌『むらさき』『ごろつちよ』創刊などを関連年譜に記載することにより、羅針盤にしてみた。

　当初、上梓に躊躇した。編集作業からもたらされる事態を恐れ、踏みこめなかった。そんなわたしに、周防大島の柳原一徳さんは喰らいつき、離そうとしなかった。

　ある日、京都の林哲夫さんから俳句雑誌『成層圏』（昭和一二年、福岡市。メモ欄に水戸高校の金子兜太君新会員、とある）を送られた（一九二頁）。表紙の裏に「姫路高等学校文二乙　里井彦七郎」とサインがあった。神戸詩人事件で検挙された青年ではないか、もう逃げることはできないと観念した、上梓に至る小さなドラマである。

　編集の後半に差しかかったとき、加藤典洋さんが亡くなられたこと、読経を終えたばかりの迅くん（井上迅、筆名扉野良人）から知らされた。数日後、今度は長い電話があった。声はふるえていた。わたしより若い三人の栞のことば、正直に何かを注視している。加藤さんの心掛けた分際を知る社会的人間ということをおもった。

震災の印象という私的な叙述と歴史を交差させた箇所があるが、この方法、どうなのか、さらに考えてみたい。なお本著は、すでに入稿している『一九二〇年代モダニズム詩集——稲垣足穂と竹中郁周辺』の続編である。続編が先行してしまった。これもよしである。

季村敏夫

二〇一九年六月、神戸、垂水にて

季村敏夫——きむら・としお

一九四八年京都市生まれ。神戸市長田区で育つ。古物古書籍商を経て現在アルミ材料商を営む。著書に詩集『木端微塵』（二〇〇四年、書肆山田、山本健吉文学賞）、『ノミトビヒヨシマルの独言』（二〇一一年、書肆山田、現代詩花椿賞）、共編『生者と死者のほとり——阪神大震災・記憶のための試み』（一九九七年、人文書院）、共著『記憶表現論』（二〇〇九年、昭和堂）、『山上の蜘蛛——神戸モダニズムと海港都市ノート』（二〇〇九年、みずのわ出版、小野十三郎特別賞）、編著『神戸のモダニズムII』（二〇一三年、都市モダニズム詩誌、第二七巻、ゆまに書房）など。


一九三〇年代モダニズム詩集
——矢向季子・隼橋登美子・冬澤弦

二〇一九年八月一五日　初版第一刷発行
二〇一九年一〇月一日　初版第二刷発行

著　者　矢向季子・隼橋登美子・冬澤弦
編　者　季村敏夫
発行者　柳原一徳
発行所　みずのわ出版
山口県大島郡周防大島町西安下庄庄北二八四五
〒七四二－二八〇六
電話　〇八二〇－七七－一七三九（F兼）
振替　〇〇九九〇－九－六八三四二
E-mail mizunowa@osk2.3web.ne.jp
URL http://www.mizunowa.com

印　刷　株式会社 山田写真製版所
製　本　株式会社 渋谷文泉閣
装　幀　林哲夫
プリンティングディレクション　黒田典孝
（㈱山田写真製版所）




ISBN978-4-86426-038-1 C0095